# 玩美·进化论

Perfect Lady Evolution

张馨予 著

中国華僑出版社

图书在版编目（CIP）数据

玩美·进化论 / 张馨予著. —北京：中国华侨出版社，2012.9

ISBN 978-7-5113-2934-9

Ⅰ. ①玩… Ⅱ. ①张… Ⅲ. ①女性－美容－基本知识 ②女性－保健－基本知识 Ⅳ. ①TS974.1②R161

中国版本图书馆CIP数据核字(2012)第225815号

**玩美·进化论**

著　　者：张馨予
出 版 人：方　鸣
责任编辑：王亚丹
封面设计：陆　云
排版制作：刘碧微
经　　销：新华书店
开　　本：700mm×980mm 1/16　印张：12　字数：75千字
印　　刷：廊坊市兰新雅彩印有限公司
版　　次：2012年11月第1版　　2012年11月第1次印刷
书　　号：ISBN 978-7-5113-2934-9
定　　价：39.80元

中国华侨出版社 北京市朝阳区静安里 26 号通成达大厦 3 层 邮编：100028
法律顾问：陈鹰律师事务所
发 行 部：(010) 82068999 传真：(010) 82069000
网　　址：www.oveaschin.com
E-mail：oveaschin@sina.com

Content 目录

## 跟着潮流“微”变化 Chapter 03



## 一秒钟就变宅男女神 Chapter 04

宅女当道的今天，是不是有很多人都整天宅在家中上网搜索美容美体心得呢？

其实我本人就是个大宅女。和很多女生一样，平时都是宅在家里，我最爱做的就是上网研究美容和美体方法，再配合自己的经验，现在也积累了不少真正好用的技巧。在这里，我希望能和大家一起分享这些成果，要知道，宅女，一样可以成为宅男女神！

我在书中记录了很多亲自试验过的美容美体方法，并且为了慎重起见，我还特意请教了许多美容美体方面的资深专家，把专家宝贵的专业建议随书附上，希望能更好地帮助大家。

其实，去掉明星这道光环，我和大家一样，都是爱美爱漂亮的女孩。有哪个女孩不喜欢津津乐道地去寻找，去发现更多、更新、更有效的美丽方法呢？难道会有人喜欢甩来甩去的肥肉吗？再动感的肥肉也不可能blingbling地闪起来，更不可能抓住众人的眼球！如果找到了新方法，兴致高昂地去亲自实践都成了我们的家常便饭了吧。可是这些方法是否正确，大家的说法却始终无法一致，你真的能放心地照着这些方法在自己身上做人肉试验吗？

而写这本书，也不仅仅是和大家一起分享美丽心得，更多

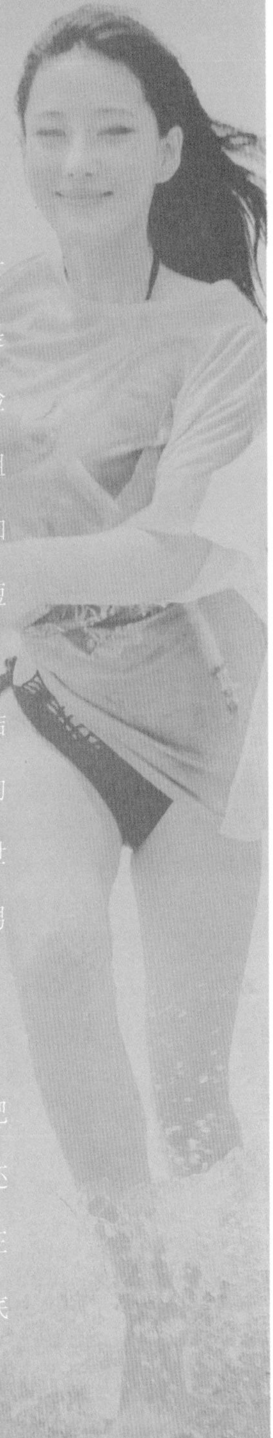

的，是因为我在网络上看到很多女孩一直在使用错误的美体方法——为了减肥而节食的人比比皆是，这样做，最终得到的只是饱受摧残的健康状态，这根本不是美丽奋斗历程，应该说，黄脸婆就是这样炼成的。最初也曾走过弯路的我，绝不愿意眼看着姐妹们重蹈覆辙，再陷入水深火热之中。直接走快捷正确的道路和披荆斩棘用自己做试验，我不会虚伪地选择后者，因为我懂得短暂青春的宝贵。

我一直很讨厌烦琐而收效甚微的事，这一次，我把自己总结的最简单最快捷的技巧奉献给大家，它们真的切实有效，在我的身上发挥了神奇的作用。变白变瘦CUP升级，其实都很简单！世界上的确有很多懒女人，而找对方法的懒女人照样可以成为宅男心目中的闪耀女神！

任何变美的方法都一定要以健康为基础，只有健康的身体，才能让我们焕发最美的光彩。天天高喊减肥万岁，却连正确的减肥概念都没有，这种不健康的减肥方式你还能忍受多久？如果你还想继续下去，我真的要为你这种不怕死的毅力鼓掌了！为了矫正观念和方法，为了在明天邂逅更美的自己，我们一起来看看到底怎样做才是正确的吧！

# Chapter 01
# 挺起来吧，宅女们！

不知道大家记不记得有一句广告词：做女人，挺好！

以我二十几年的生活经验来看，男人看女人，第一眼看到的绝不是脸，而是身材。每一个女人都梦想自己拥有骄人的身材，而好身材最重要的一个地方就是胸！

有一些媒体称我为性感女神，好吧，虽然这个称呼的确让我很受用，但是这个称号背后包含的却是我许多年的付出，是一个宅女在变美道路上的血泪写照……（笑，也没有这么夸张啦。）

一开始的我，也和很多女生一样，爱上网，爱睡觉，爱趴在电脑前一整天不挪窝，绝对的典型宅女。为了这事，我妈妈没少责备我。但是，让许多人意外的是，就是这么宅的我，居然变成了现在这样。

你们想知道这其中的秘密吗？那么就来和我一起上馨予美人课堂的第一课——

宅女们，挺起来吧！

让我们开始迈出成为宅男女神的第一步吧！

## 第一课　要美先要看自己

不管做不做艺人，女孩的脸和身材都同样重要。不管在家还是在外，美白和纤体都是不能停止的工作。圈内朋友聚在一起相互调侃的时候总会问我这样的问题：怎样才能练成你这样的身材？为什么我每天都有看网上的美白方法，却没有办法让自己的皮肤得到改善？为什么我每天都木瓜不离手，可是胸部老是不见长？猪蹄、凤爪也吃了不少，可是怎么只长肚子不长胸呢？

遇到这样的问题我总觉得无力解答。再简单的方法，也需要亲手动一下。只是不停刷新网页永远刷不掉你的肥肉，也不能把肥肉刷到需要的地方去。

平时有人向我请教关于美容美体的问题，我都会津津乐道地讲些自己的经验，变美的小秘诀更是毫不吝啬地倾囊相授。可是我在这头干着急，如果对方只是听听而已，能收到什么效果呢？

没有行动的减肥杀不掉脂肪细胞，杀掉的只是脑细胞而已。

只要稍做行动，效果立刻出现，这就是我的方法奇妙之处！

所以，变美的第一课，就是要：

### ※ 胸部保养的最佳年龄是？

你觉得胸部的保养应该在多少岁后就必须着手进行呢？

40岁？35岁？30岁？

不管你选了哪一个，我告诉你，如果按照你的选择，你的胸部就要下垂松弛外加变形了。正确的答案应该是20岁！是的，你绝对没有看错，女孩子只要一过了20岁，就应该开始着手胸部的保养了！

有位资深形体训练师曾对我说过，我们的身体上老化最快也最早的部位之一就是胸部。无论是成长期的体重变化，还是生产时带来的胸部收缩，都是加速胸部老化的重要因素。松弛、下垂的胸部会让你尽失性感魅力，因此一旦过了20岁，大家就应该在保养上下功夫了。要想挺胸做人，这一点千万不能忘！

因此，我要提醒各位爱美的女生，为了塑造完美健康的胸部，必须要像对待我们的脸一样，定期给胸部做全面的护理。有条件的话，还可以请专业美胸师为自己的胸部做保养，这样安全性和舒适度会更高，护理的效果也会更好更全面。

### ※ 为什么食补对你没效果？

很多人都向我抱怨说，我吃了很多的猪蹄汤，花生凤爪吃得更多，为什么就是没长肉在胸上，反而越发变胖，尤其是大腿，简直都进化成“象腿”了！对于这个疑问，我之前也深有体会。曾有一段时间拍戏很忙，每天都累到虚脱，所以只要吃完东西后我就累得趴在床上，再也不想动一下。没过多久，我就发现自己开始发胖，感到自己已经有带上“游泳圈”的征兆了。

思前想后，我觉得最大的可能性就是因为自己这段时间一直久坐，一吃完饭就躺着。身体缺乏运动，血液循环就会受阻，营养物质只能供给下肢，无法“上传”至胸部，当然只能是腰腹、大腿“受益”，而最需要营养的胸部却是“望梅止渴”。

所以，各位女生们，当你们还在抱怨食补没有效果之前，请先对号入座，检查一下自己的生活习惯，是不是也像从前的我一样，吃完东西后没有运动，一直坐着或是躺着？

食补是最简单却又是最需要耐心坚持才能见到成效的方法，如果能在食补的同时做到合理运动，比如扩胸运动、跑步、游泳等，则会事半功倍，效果显著！这些运动可以使胸部变得健康而富有弹性。而缺乏运动的食补，非但难以达到预想的效果，还会增加多余的“果冻肉”。所以，寻求正确有效的运动方法也是当务之急。

不过，如果你以为运动就是跑步和游泳这么麻烦的事的话，那可就大错特错了哦，我可是有非常轻松的秘诀的！当然，具体应该怎样食补和运动，我会在接下来的章节里给大家一一说明和解答。

### ※ 把握美胸的黄金时间

想要美胸就一定要把握黄金时间。不是有这么一句话吗？在正确的时间做正确的事。美胸的最佳时期是从月经来算起的第

11、12、13天这三天，第18、19、20、21、22、23、24天为次佳的时期。因为在这10天当中，最能增强胸部丰满的卵巢激素是24小时分泌的，这也是激发乳房脂肪囤积增厚的最佳时机。

把握好这一段的黄金周期，才能让你的努力得到最大回报。而其他的日子里，不管你做多少努力，效果都不会比这10天更好。你只要用别人1/3的时间，就能得到别人3倍的效果，难道还不够美好吗？

### ※ 选对适合的bra，美胸加分

在未入行做艺人之前，我一直都认为bra是穿在里面的，好坏没人看到，所以也老挑选些自己觉得新颖可爱廉价而不透气的bra，并自认为这样做没什么不妥。直到我入行后遇见了一位形体训练师，我才知道这样做害处很大。她及时纠正了我的错误，并让我把那些不透气的bra统统扔掉。当时我还特别惋惜，都是自己喜欢的东西，多少会有些心疼，但是现在看来，那无疑是最英明的举措！

不合体的bra更容易造成胸部走形，而不透气的bra则会给胸部带来更多的负担，严重的甚至会埋下疾病的隐患。如果bra过大，就不能有效地起到托举作用，长期下去会导致胸部肌肉松弛。有些姐妹为了防止胸罩下滑，就勒得很紧，结果导致血液循环不畅，这样非常不利于胸部的健康成长与发育。

说到这里，bra的重要性不言而喻。但是，你知道如何选择一个最适合自己的bra吗？如果不知道的话，没关系，馨予来教你，跟着我学吧！首先双手上举，仔细看看，胸罩下围是否也跟着上提？站立时，胸罩中心部位是否不够服帖？是否有部分乳房仍露在罩杯之外？胸罩背部的下围是否比胸前的下围高？如果你的内衣有以上问题，就有必要更换了！只是换一件bra就能改善胸型，这么简单的事何乐而不为呢？

### ※ 定期检查，健康为本

如果说每个女生都要定期到医院做胸腺部的检查，有必要时还要定期做乳腺X线摄片，你一定觉得我是在危言耸听。其实不然，近年来随着高物理性、化学性产品的应用，以及激烈的社会竞争带来的精神压力等诸多因素，导致女性乳腺疾病呈多发趋势。想想英年早逝的梅姐（梅艳芳）吧，对自己好点，对自己多关爱一点，防患于未然岂不是更好？

我自己就一直坚持例行的健康检查，我也提倡所有爱美的女性都把这个关乎自身健康的问题放在第一位。我们要美胸，但更重要的是，一定别忘了及早预防乳腺疾病，没有病痛的胸部才能持久焕发魅力！

总之，定期检查，就当是给自己打个预防针，预先防备总是没有错的。等到出了问题再想办法，得到的结果只是劳心伤财，将之前的好身体毁于一旦。

### Tips 1：高要求的好身材

健康美丽的胸部是女性独特魅力的最佳体现。很多人都认为只要罩杯UP，就一切OK。如果你也这样想的话，那就大错特错了。胸部绝非越大越好，评判胸部美丽与否主要有以下几个标准：

◆从锁骨中间凹陷的地方向两个乳头连线，呈正三角形；

◆从侧面看的时候，乳头处在肩膀和胳膊肘的正中间；

◆胸围比臀围小5～10cm是最合适的标准。如果胸围比臀围大或者没有差异的话，那就是胸部太大了；如果臀围减去胸围超过这个最大数值的话，则胸部太小；

◆实际胸围大小的尺度和胸下围尺度的差异在15cm的时候，是刚好丰满的程度；

◆比起均匀的半圆形，胸部的形状还是稍微向前突出或者是乳头下面的肉多一点儿的圆形比较好看，这才是丰满胸部的标准类型。

Tips 2：坐出来的好身材

一天到晚坐在办公室里的姐妹们，累了通常会直接斜靠或趴在桌上，殊不知这样会使双乳处在挤压的支点上。而如果胸部受桌沿等硬物压迫近1.5个小时，就会干扰乳腺内部的正常代谢，造成不良后果。

有这种小习惯的女生，一定要赶紧改掉。正确的姿势应该是：上身基本挺直，以不过度紧绷肌肉为宜，胸离开书桌10cm，使胸背肌张力均衡，这样能刺激大脑轻微而规律地兴奋，对解除胸部疲劳、提高伏案工作效率、保护颈椎的健康和乳房的生理活性颇有益处。

Tips 3：吃出来的好身材

我的美体教练告诉我一个食疗小偏方，据说是清宫太医特意为慈禧研制的丰胸秘方，现在一并分享给大家，我的体会是——效果显著。

**黄芪花生粥：**将花生100克、去核红枣100克、黄芪20克，熬粥，经期后连食7天。

中医认为，红枣能生津、调节内分泌；黄芪行气活血；而花生含有丰富的蛋白质及油脂，三者结合不仅能让胸部卓然挺拔，更能让女性体内五脏运行顺畅。

此外，在平常多吃些黄豆等豆类食品，以及葛根、花粉、蜂胶等，对女性调节内分泌、保健胸部都有极大好处。

# 第二课　警惕！美胸隐形杀手

作为典型宅女，我也和大家一样，常常放任自己生活中的一些小习惯，在家懒懒散散，内衣时穿时不穿，头脑一热就立刻减肥，两天之后又宣告放弃。

就是这些我们都没有留意到的小习惯，才是损害美丽胸部的隐形杀手！我在这里尽数罗列出来，大家快对号入座，检查一下自己平常是不是也有这样的小习惯。如果有，一定要马上纠正！

## ※ 坏习惯一：过度节食

**典型错误**：在拍《非诚勿扰2》的时候，其实导演说我的外形已经OK了，我却希望自己出现在镜头前时能更瘦一点，谁不想更美一些呢？结果就走上了错误的节食道路。那些天，我几乎不吃主食，几天之内体重下降了整整5斤！高兴之余，我却发现胸居然缩水了！而更郁闷的是，臀部和大腿上的肉却几乎没掉，而且，肠胃总是有种不舒服却又说不出哪里有问题的感觉，只能形容为亚健康状态，离肠道失衡也只有一步之遥。

**专家建议：**

长期处于饥饿状态，胸部脂肪减少、皮肤松弛，而营养不足又引起腺体组织萎缩，整体胸部组织减少，因此胸部就变小、下垂了。减肥期间为了防止胸部变小、下垂，应该配合高蛋白食物，并辅助维生素A、维生素B、维生素C、维生素E，矿物质钙、镁、铁等。脾胃不好，胸部发育也会受影响。

脾胃是后天之本，主管消化和吸收，如果后天营养不良，胸部发育受到影响是必然的事。盲目减肥会导致月经失调、胸部缩水，因为胸部的脂肪被吸收到其他并不需要脂肪的地方去了。因此，盲目减肥的结果通常是，想瘦的地方没瘦，不想瘦的地方却瘪了。再加上按照中医的说法，脾主的是人体的肌肉，脾胃不好，肌肉就无力。因此，如若脾胃伺候不好的话，胸部就极易松弛下垂。

## ※ 坏习惯二：滥用丰胸产品

**典型错误**：我有一个闺蜜就犯了这样的典型错误。她是模特，为了上镜需要，一直希望自己的胸部能更大些，为此只要一看到有丰胸的广告，就马上买来用，可以说是尝新先锋。终于有一次，在试用了一款不知名的内衣之后，她栽了个大跟头。用了没多久，胸部不但又痒又红，皮肤也大片过敏，到现在她想起这件事来还心有余悸，真是得不偿失。

**专家建议**：

虽然所有的塑胸产品都宣称不含激素，但如果真的不含激素，短时间内是绝对起不到任何作用的。而激素是人体本身就会产生和需要的物质，但若滥用，里面的生物制剂同样会引发内分泌失调。而长期滥用丰胸霜这类含激素的产品，就可能会抑制体内雌激素的分泌，影响乳房等第二性征的发育。所以各位爱美的女生，在用没有国家批文的药物产品时，一定要谨慎又谨慎！

## ※ 坏习惯三：喜欢趴着睡觉

**典型错误：**我在出道前一直喜欢趴着睡觉，尤其是当累了回到家里后，就习惯性地往着床上一趴，一趴就是大半天，相信很多白领一族的女生也是这样吧。工作强度大，总会有犯困的时候，趴着睡觉通常是大家最直接的选择。后来我的美体师看到我这样，严厉地批评我说，这会直接影响我的胸部发育。不仅如此，对我的脊椎也会产生很大的压力，久而久之，整个形体都会受到影响。要知道，驼背的人胸部再大也体现不出美感的。

**专家建议：**

长期面朝下睡觉，女性乳房组织会受到挤压，导致乳房提前老化，皮肤松弛，乳房变形外扩，血液循环不畅。正确的睡姿应采用仰卧姿势，这种姿势才最符合人体力学标准，不会对胸部造成挤压。

### ※ 坏习惯四：运动时没有穿运动型bra

**典型错误：**我一向喜欢通过运动这种健康的方式来达到瘦身的目的，但是一到了夏天，稍微一运动那汗水就哗哗地流个不停。为了省事，我就脱下bra，只图轻松，但时间长了，却总觉得胸部有些微微胀痛。

**专家建议：**

在进行跑步、弹跳等运动时，如果不穿运动型bra，胸部会不由自主地大幅度摆动，乳房内的弹性纤维组织会受到永久性伤害。过量的运动或运动时不注意内衣穿戴则可能会伤害乳房，胸大的人会下垂，胸小的会越来越小。特别是女生青睐的跑步、跳绳，运动时一定要穿上运动型bra，保护你的胸部。

### ※ 坏习惯五：经常挤胸

**典型错误：**我有那么几个好朋友在出席晚宴、高档酒会等场合时，为了追求漂亮，让身上的礼服更加合体又惊艳，常常故意选小一号的衣服，认为只要挤一挤就会有沟，就能达到深V诱惑的美胸效果。

**专家建议：**

女性为了拥有完美的胸部，把自己能想到的办法都用上了。现在流行“挤胸法”，就是将自己的胸部向内挤压形成乳沟，但长期挤出乳沟的结果是减少或阻止了乳房内淋巴液回流，造成局部气血不畅，导致乳腺增生，并且胸部长时间活动受限，也会影响到正常的呼吸。此外，挤乳沟使得乳房长期受压，会影响产后乳汁的分泌和排出，直接影响今后的哺乳。

## 第三课　骨感out！丰满上位

好啦！刚才我已经讲了一些错误的例子，其中有我自己经历过的，也有很多人容易出现的问题，大家对这些陷阱习惯一定要保持警惕。如果你正在这样做，为了你自己，请立即停止吧！错误的习惯和正确的方法混在一起用，只会事倍功半。

接下来我会告诉大家我搜集来的几种正确的丰胸方式，这些丰胸方式，我都一一请教了有关专家，并附上了专家的点评意见和性价比。不管你是白领OL，还是学生，甚至是像馨予这样的宅女，都能从中找到适合自己的丰胸方式。我会教你如何花最少的钱，寻找最适合你的美胸方法！

### ※ 食疗类：各种富含胶原蛋白的食物

**原理：**补充胶原蛋白，脂肪堆积达到丰胸目的。

**有效比例：**慢，部分有效。

**性价比：**高。

**有无副作用：**无。

**适应人群：**有条件煲汤的女生。

**操作难易程度：**简单。

**专家建议组合方案：**适合搭配运动和精油按摩。

**馨予测评：**听专家说，经常吃一些丰胸的食物可以迅速补充胸部发育所需营养，药膳则可以打通胸部血管，使血气畅通。我属于超级爱美食的人，尤其喜欢各类汤，不过却苦于没有多少时间在家煲汤，真是怨念！如果你有机会，不要浪费，试试看吧。

### ※ 精油类：用丰胸精油按摩

**原理：**通过精油按摩，可以激活乳房细胞，刺激胸部肌肉，让胸部更加坚挺，充满弹性！为了促进血液循环，建议在洗澡过程中按摩，效果更佳。按摩时注意按摩力量要适中，用力过度会造成反效果。

**有效比例：**较高。

**性价比：**高，一般400～500元一次，一般需要坚持一个月至半年才有效。

**有无副作用：**可能会发生过敏。

**适应人群：**过敏体质需要测试再用。

**使用方法：**洗澡后按摩5～10分钟，避开生理期 。

**操作难易程度：**须按照丰胸按摩图进行按摩，不适合懒女生哦！

**优点：**风险极小。

**缺点：**按摩常常会有这样一个盲点，就是100个人按摩会有100种结果，它没有办法创造出一个客观的平均值，这是因为每一个按摩师的力度、对穴位的敏感度都不一样，所以更增加了按摩要达到完美效果的难度。

**专家建议组合方案：**辅助天然葛根可以调理内在环境，效果更快。搭配减肥塑身精油，可以达到完美体形。

**馨予测评：**这是我自己比较喜爱的一种丰胸方式，不仅因为精油的特有芳香能让我消除疲劳，而且精油本身也具有护肤的功效，用来按摩胸部不仅可以养护胸部，而且更能达到丰胸的效果，一举两得。另外选择不同的精油，还能有提神醒脑的作用，有些精油也有消炎效果哦!

## ※ 保健类：天然葛根粉、青木瓜

**原理：**野葛根属于国家明令公布的药食两用安全植物。其罕见的植物性雌激素——高活性异黄酮能有效调理内分泌、平衡阴阳、协调脏腑、提高和恢复肌体自身的内源性雌激素的代谢能力，在达到养身保健、防病治病并恢复健康目的的同时，完全避免了服用人工合成雌激素、动物性雌激素(如鹿胎素、羊胎素)等外源性雌激素给人体带来的各种副作用。

**有效比例：**高，80%。

**性价比：**高，需投资500～700元。对睡眠、皮肤、便秘都有所改善。

**有无副作用：**无。

**适应人群：**18岁以上女性，孕妇除外。

**操作难易程度：**简单。

**专家建议组合方案：**运动、食补、精油按摩。

**馨予测评：**我曾经吃过一段时间的葛根粉，不过因为经常要拍戏，工作一忙就忘了这回事，没能很好地坚持下去，所以关于效果如何，我无法给出一个准确的参考意见。不过那段时间的皮肤变好了很多倒是真的。而且这个葛根粉本身就是植物，并没有添加什么化学成分，所以我觉得适当吃一些对我们的身体是没有害处的。

### ※ 运动类：游泳、俯卧撑、仰卧起坐等

**原理：**看看经常锻炼的人士所达到的效果就知道了。

**有效比例：**高。

**性价比：**高，零投入！

**有无副作用：**切忌用力过大，造成组织损伤。

**适应人群：**任何人群。

**操作难易程度：**简单易用。

**专家建议组合方案：**食补。

**馨予测评：**这是我喜欢的另外一种丰胸方式，通常如果不太忙的空当，我就能很好地坚持运动，但是如果工作一忙起来，明知道运动是最有效的方式，却还是无法坚持。但是我知道一种偷懒的办法，能够极大地消耗脂肪，那就是逛街！拉上几位闺蜜，疯狂逛街游公园，等于是不停地散步。发泄心情的同时，也是最有效果的有氧运动。不要小瞧它哦，只要持续散步30分钟以上，从第30分钟起，你每走一步都是在消耗脂肪，而不是蛋白质和糖！散步的时候，一个人听歌，一个人放松，也是不错的选择。不过时间一久多少会有些乏味，可是逛街就不同了，沿途风景总能不停地吸引我们的注意力，和闺蜜总有聊不完的话题，时间不知不觉就过去了，疲惫的感觉还来不及出现，几个小时就过去了。想一想吧，比起跑步，它可不会让你有小腿变粗的顾虑哦！

坚持一个月，走遍整个城市，把你沿途留下的照片记忆每天贴出来，等到功成身退，那该是多大的成就感啊！

### ※ 物理类：丰胸仪器，针灸点穴等

**原理：**打通胸部血管，使血气畅通，和食补的原理相似。

**有效比例：**中等。

**性价比：**投资8000～30000元。

**有无副作用：**无。

**适应人群：**喜欢去美容院做护理的女生。

**操作难易程度：**在美容院当然舒适简单啦！

**专家建议组合方案：**食补，必须有精油配合。

**馨予测评：**我是听朋友说现在的高端美容仪器能促进乳房细胞生长，调节人体荷尔蒙平衡，而且还配有专业的手法，既舒适又高效。

# 第四课　美食家也有春天

女生都愿意做个吃货，可是在体重和美食之间的两难选择真的难倒了太多人，至少我自己看到美食时两眼放出的光就很可能冲垮理智。

不过，有些美食，吃上一些也未尝不可，下面我来为大家介绍几种既解馋又丰胸美肤的小零食，作为对自己平时努力的犒劳，同时也能辅助修正形体。没有时间煲汤，又不愿意花钱去美容院，那么最省钱的方式就是吃这些能丰胸的小零食了！

## ※ 花生的魔法

记住，买生的花生米，注意一定要生的！因为炒过或者盐焗的都容易使人发胖。每两个小时吃10～20颗，要非常仔细地一一咀嚼之后再咽下，可以补充天然植物性油脂和维生素$B_2$哦。吃了感觉胃不舒服的，是因为对花生外层红衣的不适应，可以把红衣剥了再吃。坚持一段时间之后，胃部也会得到保养。

### ※ 神奇的黑芝麻

黑芝麻有乌发、减肥的功效，相信很多人都知道，但其实黑芝麻还有丰胸的功效，因为其含有丰富的蛋白质、脂肪、碳水化合物和维生素E，每100克黑芝麻含维生素E40～50毫克，同时还含有维生素$B_1$、维生素$B_2$、维生素$B_6$等。由于维生素E有促进卵巢发育、增加雌激素分泌和刺激乳房发育的作用，所以能深层滋养胸部，刺激乳房发育，让乳房更加坚挺丰满，因此黑芝麻也被列入丰胸食物的范围，同时黑芝麻的香气在咀嚼之后非常浓郁，实在是一大享受！

### ※ 核桃芝麻饼，好吃更有用

核桃仁性温，具有润肺止咳、补肾御寒等作用，而且营养丰富，其中的不饱和脂肪酸和维生素E可以延缓衰老。芝麻性平，具有补益精血功效，不但含有丰富的不饱和脂肪酸，还含有维生素E、叶酸及卵磷脂等营养成分，可健脑益智，对女性来说，可补气行血，更能帮助丰胸。还有一个小秘密要告诉你们，每天两颗核桃，分量恰到好处的不饱和脂肪酸可以带走身体里的油脂哦，所以它不但丰胸，还能减其他地方的肥肉。

### ※ 不能小看的橙子先生

橙子富含维生素C，能有效防止胸部变形，让乳房更加坚挺，还能有效预防胸部下垂或外扩现象。饭前或饭后半小时以及睡前吃橙子丰胸效果最好。此外，要想快速丰胸，最佳的吃法是橙子酒酿。酒酿也是丰胸良物，将两者结合丰胸效果加倍。做法是将橙子瓣的皮剥离，只要橙肉，烧水加酒酿，再放入橙肉搅拌即可。

## ※ 玉米也是大补器

玉米含丰富的钙、磷、镁、铁、硒及维生素A、维生素$B_1$、维生素$B_2$、维生素$B_6$、维生素E和胡萝卜素等，营养丰富，能帮助乳房发育，并且兼具减肥功效。长期食用，富含的纤维质有助消化，可以排毒瘦身。吃新鲜玉米，煮到六七成熟就可以了。若是太嫩，就会水分过多；若是太老，蛋白质就会削减。煮玉米的汤也不要浪费，当茶喝也能填补营养。

**Tips：馨予独家美容汤·木瓜美肤汤**

吃零食的时候，配上一点甜汤当然是最好不过的了，不过甜汤的选择非常重要，既不能破坏我们之前的努力，又要美味可口，难以下咽的汤品又有谁愿意喝呢？在这里，我把自己最爱的甜汤配方告诉大家，有时间的女生们不妨回家试着煲煲汤。这道汤水非常简单，连人称“懒人”的我都会做，相信你一定也不例外！

**材料：**木瓜500克，甜玉米500克，大豆50克，冰糖30克，清水2000克，蜂蜜4汤勺。

**做法：**

1.大豆洗净泡水12小时备用，木瓜去皮去瓤切块备用；

2.玉米洗干净；把以上材料一起加入锅中，大火煮开后维持火力10分钟；

3.转文火，加入冰糖，一起煲40～50分钟。

**特点及功效：**

我真的迫不及待地要和大家分享这款靓汤！虽然这是一道不折不扣的甜汤，但适当地喝绝对不会发胖。木瓜有美肤丰胸的作用，相信不用我说大家都知道，但要注意，只有皱皮木瓜才能丰胸，所以一定要认真挑选。这道汤含有丰富的维生素E、维生素A，能有效促进雌激素的分泌，以及促进胸部细胞发育的天然荷尔蒙的分泌，对丰胸能起到很好的作用。爱吃甜食的女生们，你的救星就是它啦！喂喂，口水先收起来，书都要被打湿啦！

## 第五课　懒人福音·最快的美胸法

其实大部分人都很懒，希望什么也不做就能够达到想要的效果，这是所有人都憧憬的。

所以，有没有省时省力，既不用辛苦地运动，也不用在厨房守着煲汤，甚至也不用去美容院奔波而浪费大把时间就可以丰胸的方法呢？

别急，这样的方法还真有！它很适合像你我一样缺乏时间，但是却并不缺乏一颗爱美之心的女生。不过，这种丰胸护理的费用稍有些高，建议心动的女生们要提前做好预算再行动！

躺着也能丰胸，你绝对不想错过的懒人升级法！

### ※ 懒人丰胸术：丰胸塑形护理疗程

**推荐理由：** 省事省力，快速高效

**推荐指数：**★★★★

我一直提倡以最健康最安全的方式美容美体，丰胸也是一样，安全和效果并重。如果你有时间，我还是建议你多试试我前面提到的那几种运动和食疗方法，虽然很辛苦，但坚持下来一定有收获。

如果苦于没有时间，却又需要在短时间内安全快速丰胸，又不想有任何副作用，并且预算充足的女生们，倒是可以尝试我现在推荐的这种——丰胸塑形护理疗程。

这是时下最为流行而又有效的方法，国外很多明星都身体力行地尝试过，并取得了满意的效果。但是我并没有亲自试过，所以对于具体的效果就不给出意见了。有兴趣的女生可以看看专家怎么说，尝试一下这种既安全快速又高效省时的丰胸方式也很不错哦。

**专家有话说：**

作为一名医生，我有责任提醒大家，做这种美容美体类的护理时，一定要选择正规、专业的医疗美容机构！

百莲凯国际企业管理(北京)有限公司，是中国美容连锁经营的先驱，先后与法、美、日、韩，以及香港、台湾等国家和地区的同业达成合作，旗下加盟店逾3000家，是业界当之无愧的“美容连锁之王”，被誉为“美容业的麦当劳”“中国美容连锁业的大旗”。凭借强大的实力、先进的模式、完善的体系及正规的经营，百莲凯已通过了国家商务部特许经营资格备案，拥有了法定的特许经营资格（备案登记号为：0110600300800039）。

百莲凯先后获选“中国美容连锁十大影响力第一品牌”“中国十大最佳美容连锁机构”，入选《中华美容大典》等诸多荣誉，并得到了包括中央电视台、凤凰卫视、广东卫视、阳光卫视、《大公报》《中国企业报》《瞭望周刊》《经济日报》等权威媒体的积极关注与报道。

百莲凯提倡个性化美容，杜绝“千人一面”的死板，并自主研发了数以百万计的脸谱、体型等各项精确数据库，会针对每一位消费者的皮肤性质、体型、个性、爱好甚至饮食习惯的不同，为消费者提供科学的服务前诊断、选择适合个人的产品或手法、设计科学的个人美容程序、疗程等。

丰胸塑形护理疗程，是应用高端美容设备“能量波丰胸塑形仪”，配合专业产品及独特手法，针对乳房扁平的成因科学治理，有效调节人体荷尔蒙平衡，促进乳腺细胞生长，防止胸部萎缩、下垂，令胸部丰满，让你曲线再造，双乳丰韵迷人。

**丰胸tips：**

一分钟健胸运动：运动+按摩 把胸部“提”上来

1.将手掌相对，轻轻放在胸部两侧，吸一口气。

2.缓缓吐气，同时双手配合按摩，将胸部肌肉往中央挤压集中。

3.如果感觉到胸被压到极限时，放松手掌，再慢慢吸口气，共做10次。

# Chapter 02 做人要做瘦白美

最近，我学会了一个新词：女屌丝。屌丝是指：蓬头垢面，双眼无光，面容枯黄，恍若将死之人，俨然行尸走肉。（PS：来自于百度百科，大家不要怪我哦……）

那你是想成为“肥土圆”的女屌丝，还是瘦白美的潮美女呢？

答案是显而易见的！

那么，好吧，宅女们，准备起来吧，让我们朝着瘦白美的目标行动起来！

# 第一课　瘦，才有春天

在娱乐行业，每一个人对自己的要求都很高。其实这个行业里，胖子减成瘦子的很少，更多是本来大家觉得已经很瘦的明星们，她们却一直都在为变得更瘦更苗条而努力。我也不例外，希望能把身上一点点的脂肪都减掉，希望身材完美无缺。这些年，我也为此尝试过很多方法，付出了很多的努力。

我最初曾网购类似涂抹的辣椒素类的产品，用法很简单，直接涂抹在身上想瘦的部位即可。收到产品的当晚，我就在腹部涂抹了厚厚一层，并且为了加强效果，还裹了一层保鲜膜，心想这样第二天就一定会瘦了。结果呢？当天晚上我被辣醒了！

那是一种无法形容的疼痛，像是有火在肌肤上烧一样，火辣辣地疼。更可怕的是，就算马上用水冲洗，但肌肤上那种灼热的辣痛还在持续！就这样睁着眼熬了一夜。而效果呢？完全是零！甚至肌肤上还长了几个红红的小疹子，而熬夜之后的黑眼圈更是让很多人误会我有了什么伤心事。

就这样如同小白鼠一样不断尝试的经历，我想每个女生都有过吧，也一定或多或少地给自己惹出了不少麻烦。每个人都想亲身实践以找出最快速、最有效的瘦身方法，因为天生的瘦子太少了，再加上自己已经认定要沿着艺人的这条路努力走下去，我只能付出比一般人更多的努力。

在不断的尝试中，我已经不记得自己浪费了多少金钱和时间，而健康状况也常常因为错误的选择受到影响。这样的错误尝试的结果，从来都不是我想要的，也不是你们想要的。如今我已经成功了不少，这些宝贵的经验，是用来帮助每一个和我一样曾在减肥路上摸爬滚打的女孩子的。少走一点冤枉路吧姑娘，你宝贵的身体和年华，还能经受多少次错误决定的摧残呢？

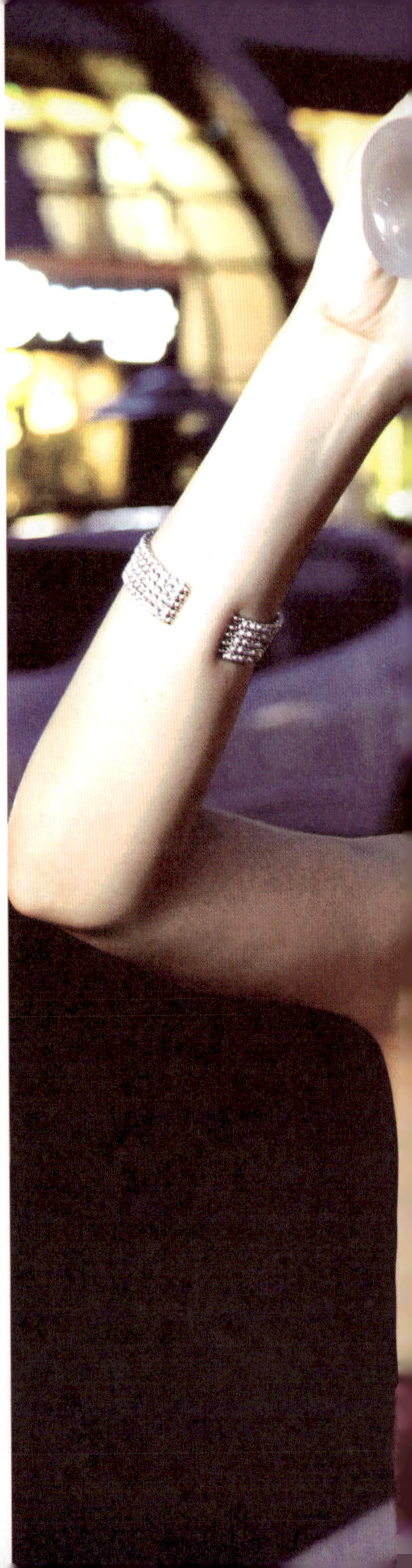

## ※错误瘦身，千万别走冤枉路

**●排油素**

刚吃的时候确实有效，但会抑制不住地拉肚子，而且完全没办法控制。据说严重的会导致身体脱水、心悸、心律不齐呢，很可怕！这是我今生都绝对不会再碰的东西！

**●三日苹果减肥法**

这种除了苹果外不再吃任何东西的减肥法，在前两年很流行，我也尝试过。但是经过尝试，我得说这个方式真的最多只能坚持三天，不仅巨饿，而且还会造成身体低血糖，导致晕倒。

**●左旋肉碱**

我曾问过营养专家，这种近几年风靡的左旋肉碱，其实是提炼于红肉类，其本质是一种维生素，主要作用是促进新陈代谢，但却被奉为减肥圣品。须知新陈代谢并不等于减肥，如果不配合运动，想靠吃这个直接瘦下来，太有难度了。

**●健身运动**

运动减肥应该算是最切实有效的方法，可是运动的选择多种多样，却没有一样能针对我这种没有多少时间锻炼的女生。我的健身形体顾问就一直鼓励我多进行运动训练，我能坚持运动，和他的帮助绝对分不开。当然，没这个条件的话，去健身房也是一个不错的选择。这种方式适合有顽强毅力、固定时间和超强自律的女生，并且健身教练也会给你一个全面的指导。

**●塑身瑜伽**

瑜伽的好处就在于易学、简单，而且自己在家也可以做，并不像跑步机之类需要专门的器材，坚持下来真的很有效，但并不适合身体基数大，又想要快点瘦身的女生。因为瑜伽实际上不是减轻体重，而是让身体柔韧，有线条感，看起来好像瘦了，但是体重计上的读数却并没有变。换句话说，如果你体重90斤，做做瑜伽能让你看上去有85斤的效果是绝对没有问题的，但如果你体重120斤，指望做做瑜伽达到88斤的效果……还是放弃吧！

然而我想很多女生是白领或是学生族，既没有多少时间，又不想运动，通常还比较宅，甚至还有一点点懒，其实，和我一样。不过，就算这样，减肥的方法也是一样有的。在我长期总结的经验中，哪怕让你躺着也能瘦的轻松“享瘦”的方法都有哦。

### ※懒人瘦身术——高频燃脂护理疗程

**推荐理由：**安全，立即瘦

**推荐指数：**★★★★

其实这并不是什么秘密，也早有明星介绍过这种超级轻松的“享瘦”方式——高频燃脂护理疗程。

不过，并不是人人都适合这种方式，应该说，这种方式最适合肚子上有很多肉的女孩。请用手掌抚在自己腰腹部脂肪最厚的位置，轻轻捏捏，如果捏起的皮肤达到2～5厘米，这才可以做抽脂哦！所以本身不太胖的女孩子就不太合适这种疗法，像我的脂肪厚度咨询后是没办法使用这个方法的，不过胖一些的女生倒是可以尝试看看。

我有幸曾陪闺蜜在百莲凯做过这种瘦身疗程，并亲眼见证了这种高频燃脂护理疗程的全过程。闺蜜很怕疼，一路上都很紧张，担心吸脂会不会损伤到肌肤、血管、神经等组织，甚至在去的路上就打起了退堂鼓。我劝她说，不管做不做，先问问医生怎么说吧。在咨询过医师后，她的疑虑才烟消云散。

原来，我们人体的脂肪团大致分为两类，一类是顽固性脂肪，比如坐下时腰上的“游泳圈”，比如行走时大腿内侧老是磨着裤子的那一块，这些无论是站立或是坐下，甚至平躺着也能被清楚地看到的赘肉就属于顽固性脂肪。而另一类则是一般脂肪，比如用力捏起手臂的皮肤，是很紧致的一层，这样的脂肪并不属于赘肉，是完全可以保留的，如果把这部分脂肪也去掉，反而有可能不利于健康。

高频燃脂护理疗程，是一种智能立体吸脂瘦身的尖端技术，也是吸脂功效最强大、最彻底的吸脂术，并采用了高端美容设备“超级高频燃脂青春再生仪”，这种仪器能自动探测出哪里的脂肪团比较厚，哪里的脂肪团是正常的范围，能够自动避开血管、神经等组织，做出选择后才开始爆破脂肪细胞。是不是像雷达探测一样？先定点扫描，再击破，感觉很安全呢。

不过，看到闺蜜做完手术后被穿上了塑身衣，裹得像木乃伊的样子，我不由得哈哈大笑起来，实在太滑稽了！她直埋怨我没心没肺，好在好姐妹不用多说也知道这只是玩笑。为了巩固术后效果，必须要坚持穿上紧紧的塑身衣。如果你不想裹得像木乃伊一样动弹不得，浑身痒痒却只能忍受的话，就尽量不要选择在夏天做！那段时间陪着她坚持，现在想来，哪怕不

是我亲身经历，也觉得非常有成就感。不过，这毕竟是一个手术，所以一定是会有风险的，希望大家慎重选择，更要提前了解好医疗风险再选择哦。

**专家有话说：**

很多朋友对瘦身都有认识误区，觉得这是非常困难的事情，其实不然，只要掌握好方法，一定能事半功倍。从人体解剖学来说，人体的骨骼如建筑物支架，是由多块紧密相连的骨骼组成，支撑身体肌肉。由于骨骼与肌肉有环环相扣的密切关系，即使一部分出现问题，也会影响整体曲线。每个人骨骼组成的基本结构都一样，但很多人由于各种习惯，例如坐姿、站立姿势不正确，经常跷脚或以急速步行等，这些动作很容易令某些部位肌肉受压迫。时间长了，这些不良姿势习惯成自然，继而会影响到支架结构，就如同一条歪了的路轨，火车又怎会行得顺呢？而肌肉长期收紧，最后形成水肿、肥胖及体形不平均等问题。所以，最简单的瘦身，只要纠正平常的不良习惯，并坚持下来就能看到成效。

## 第二课　白，才是王道

我现在的白皙肤色常引得工作伙伴问我窍门，而我常常是不知道如何作答，因为作为艺人通常都会比常人更加苛求自己，不仅为了保持形体而只选择卡路里低的食物，甚至很多时候都会挨饿。为了保持自己在镁光灯下的完美形象，皮肤一定要比常人更好，更白，更透!

就拿我自己来说，其实我的白皙皮肤是与生俱来的，这遗传自我的妈妈。刚出道那会儿，仗着自己年轻，而且我怕麻烦，就根本没注意防晒。甚至去海边出通告，其他的工作人员都如临大敌般擦着高倍数的防晒油，穿着遮光的长袖，打着抗紫外线的遮阳伞，偏偏就我什么都没带，乐颠颠地在太阳下疯跑。几天暴晒下来，其他工作人员都黑了一圈，唯独根本没做任何防晒的我，肤色依旧白皙。我引以为豪，更加不理会防晒或美白的功课，以为那和自己一点儿关系都没有。

可是好事没有持续多久，两年后问题出现了，我的肤色开始变得暗沉，一晒太阳肌肤就会发红干燥，甚至还长了几个小小的晒斑。原来就算是天生白皙的好皮肤，不好生保养也照样会变黑！我这才慌了，各种补救措施见到就想用，从此孜孜不倦地踏上了补救美白之旅。

### ※美白经验大放送：张馨予亲测，坚持下来一定白！

**●维生素C**

这是公认的美白法宝！无论是维生素C的药片胶囊，还是含有维生素C衍生物的护肤品、面膜，都具有不错的美白效果。但需要注意的是，如果是敏感性肌肤的女生，就需要格外注意，含有维生素C的护肤品里是不是含有水杨酸，水杨酸可能会导致过敏，引发肌肤红肿。

**●银耳燕窝汤**

这是我非常喜欢的一道甜汤。熬足时的银耳燕窝汤很糯软，而且还含有大量的胶质，是很好的天然滋养品呢。只是怕胖的女生就没有口福了，这道甜汤食过量的话，很容易长胖呢！

**●纳米珍珠粉**

珍珠自古以来就被大家所喜爱。珍珠粉的用途非常广，不仅可以拿来敷脸，还可以加在粉底里，甚至还可以作为药材食用，真是一举多得呢。不过馨予提醒各位爱美的女生，挑选珍珠粉的时候，一定要选择目数越大越细的，纳米级别的最好，这样的珍珠粉才被磨得最细，涂在脸上也更加容易吸收呢。

**●淘米水美白**

馨予的妈妈最喜欢用这个法子来美白，当然对于年轻人也同样适用。淘米水是弱碱性的，不仅方便，家家户户都能使用，而且最重要的是，它不含任何化工原料，是最天然的护肤滋养品。用这种方式美白的女生,一定要有耐心，不能心急哦，这是一项需要长年坚持才能见效的美白法子。

**●纯牛奶浴**

众所周知，牛奶含有多种营养成分，不仅是对身体健康很有好处的食品，而且也是对肌肤很有帮助的天然护肤品呢！牛奶护肤不仅可以美白，还能起到滋养肌肤的作用，让肌肤变得白嫩嫩，水灵灵。我最爱的是SPA牛奶浴，尤其是赶完通告回来后，舒舒服服地泡一个牛奶浴，不仅可以美白，而且也让一天的疲劳都烟消云散！但同样，这种方式也需要长期坚持，美白不是一天就能“炼”成的！

### ※白！就是要成为白雪公主——懒人美白速成，独家心得

**最IN美白：**魔光美白

**推荐理由：**快速、方便

**推荐指数：**★★★★★

说到这种“魔光美白护理疗程”，我深有体会。当时年纪小，仗着自己是天生的白皙肌肤，根本就不注重保养、防晒之类，认为自己底子好，天生白就一定不会被晒黑，没想到过了两年后，有位圈中好友来看我，她见到我的第一句话就是，天啊！馨予，你怎么变黑了？我这才去仔细照镜子，只见镜子中的自己肤色暗淡，甚至脸颊上还有几颗不明显的晒斑！每天对着镜子看自己，反而放松了警惕，大家可要吸取教训哦。

当时消耗了好长的时间来慢慢调养，在初见成效的时候，却

接到了要去海岛出外景的通告。这一次就算自己再小心呵护，但先前的肌肤已经受到损伤，所以还是被晒黑了，那一刻我真是哭的心都有了！更要命的是，刚马不停蹄地回来，又立马接到了一个发布会的秀。天啊！救命！那些近距离高倍数的镁光灯简直就是对艺人肌肤的最大检验，甚至连你脸上的每一个毛孔都能放大数倍！我急得团团转，拿起手机打了好多电话求助，还好，让我找到了一个能给我美白帮助的朋友。

于是在好友的建议下，我怀着惴惴不安的心情去体验了这种魔光美白护理。我从小就很怕疼的，遇到打针之类的事总是想尽办法逃走。一想到待会儿不知道要经历怎样的“折磨”，心里就七上八下的。当医生走过来让我躺在椅子上时，我下意识地把全身绷得紧紧的，如临大敌地问，是不是要打针？需要打麻药吗？同时我还一直盯着门口，做好了随时准备逃跑的准备。

没想到我的担心根本就是多余。这其实就和我们平时做美容一样的，只不过这次是用仪器来做。医生指着我身旁那个仪器给我看，说就用这个来做，没有刀和针，你只需要放松心情，躺着就OK啦。

我当然还是将信将疑。躺好后，只见医生先在我的眼睛上套了一个样子有点奇怪的眼罩。他解释说，激光对人体本身没有伤害，但因为是强光，容易对光源敏感的眼睛造成刺激，所以需要用特定的眼罩把眼睛遮住。他还解释说，女性的肌肤一过25岁细胞就会慢慢老化，这种老化的细胞会形成一道坚韧的“壳膜”，即使是经常做保养，这道“壳膜”也还是会阻止肌肤吸收美容品中的有效成分，就像是在肌肤的内部竖立了一道高高厚厚的城墙一样，就算是再昂贵的美容成分，肌肤真正能吸收进去的，却少之又少，都被白白浪费掉了。“魔光”的重要贡献就在于，利用最先进的量子光技术，瞬间定向溶解“壳膜”壁垒，形成多级通道，让美容品中的有效成分迅速抵达细胞内部，发挥最高效用。

当时医生一边安慰我一边在我脸上涂了一种凉凉的膏状物，我闭着眼睛什么都看不到，就感觉有金属物体在我脸上扫来扫去，好像按摩一样，很舒服，闭着眼睛都想要睡觉了。然后我感觉脸上渐渐热了起来，不是很烫很难受的那种，而是像从皮肤深层涌起的一种暖热，很舒服的感觉。

大约过了20分钟后，我的美白疗程就完成了。等解开眼罩，洗掉了脸上有点黏黏的膏状物之后，我就迫不及待地照镜子。

当然，要立马就变成卫生纸一样白，那确实是不现实的。但变化呢，不能说完全没有。我发现自己脸颊和鼻翼外侧的毛孔变得很紧致，好像缩小了一点点；肤色只白了一点点，但并不明显。我当时其实还是有点气馁，心想也只能先这样应付一下了。可是在当天晚上回家后，我就惊喜地发现，肤色好像又变白了一点点！原来这种美白作用是会逐渐呈现效果的。

三天后，我又自己跑去做了一次这种魔光美白。医生嘱咐说，因为肌肤细胞有新陈代谢自我更新的能力，所以要先给细胞自己消化的时间。为了保证效果，最少间隔三天，最多间隔一周，就需要再做一次，连续一个月为一个疗程，同时搭配适合不同肌肤类型的“生命一号”或“生命二号”精华液进行护理，效果会更显著。

**白啦！真的白啦！**

果然，在做完这种全套护理一周后，我清楚地看到脸上的肌肤白了一层，和自己手臂上原本的肤色形成了对比，就像是一个笨拙的助理搞错了化妆的粉底一样，脸上是白皙的1号色，手臂上的却是2号小麦色。后来那场发布会召开得相当顺利，我在镜头前笑颜如花，啦啦啦……再强的镁光灯，也不怕啦！

我一个在一个月后要拍婚纱照的好友，看了我这个效果之后，也跑去做了这种美白护理，果然也非常轻松地变白了。因为这种美白护理方式非常简单，你只需要躺着，什么都不做就可以美白了！

既不用担心会在脸上挨刀，也不用担心副作用，年纪大的女士也同样适用，据说还可以祛斑除皱，一举数得！逢年过节时，拉着妈妈一起去变白变美，既孝顺又温馨，也不失为一个好选择哦。

如果你和我一样，都苦于被繁忙的工作或学习压得透不过气来，根本就没时间去美容院做长达数小时的皮肤保养，又性子急，嫌各种护肤的瓶瓶罐罐效果太慢，想要快速变美变白，但又恐惧在自己的脸上动刀打针，倒可以试试这种魔光美白护理疗程。

**专家有话说：**

需要谨记的是，在做完"魔光美白"后应多多喝水，给肌肤补充水分，并且保证充足的睡眠，这样才能加快新陈代谢，加速细胞自我更新及修复能力。魔光美白技术，不仅能破解老化"壳膜"，智能化修复受损细胞，具有极佳的护肤美白效果，而且对祛皱、祛斑，恢复皮肤弹性效果显著。这种美白方式适宜24岁以上、面部缺乏光泽、皮肤粗糙、肤色晦暗、高压力的上班族、易疲劳的学生族，以及急需肌肤美白的各种人士。

Tips：美白误区

很多爱美的女生们都有一个误区，认为敷面膜越久越好，其实不然，大S也在她的书中讲过这个道理。面膜敷得太久会更容易令肌肤水分流失，精华已经被吸收之后，水分同时也流失得差不多了，如果继续敷下去，只是抢夺皮肤的水分。所以，一般只需要敷15～20分钟就足够了。如果想要肌肤吸收得更好，馨予建议大家在敷面膜前先去角质。

## 第三课　美，就是要无瑕

除了肥肉，我想每个女生都和我一样，最痛恨的事情莫过于脸上长痘痘。我虽然不会长太多痘痘，但是偶尔身体超负荷、状况不好的时候，皮肤就会冒一两颗痘痘出来和我抗议。我之前对待这些痘痘可谓是一点儿经验都没有，所有的法子都没有什么明显效果，而且我想到的第一个处理方式就是挤痘痘！但在此我诚恳地对所有为痘痘烦恼的女生和花样美男们说，千万！绝对！不要去挤！越挤越坏事！

当时自己年纪小，什么都不懂，见挤好痘痘后，那些小疱就乖乖地服帖了，还暗自窃喜呢。没想到第二天那些痘痘就如雨后春笋一样，又从脸上冒出来了！而且从痘痘中流出的黄脓比昨天还多，看上去可怕极了！于是，我开始收集各种抵抗痘痘的方法，从此我踏上了和痘痘们斗争的战场。经历了很长的时间，最终，今天的我终于可以扬眉吐气地大声喊出来：痘痘，我终于战胜你们啦！

### ※NO！错误祛痘大分享

**●挤痘痘**

拜托！千万千万不要这样尝试！这是绝对要被喊NG的头号方式！很多人刚长痘痘的时候就会下意识地想到这种最简单，但却同样是最粗暴的方式去对待。岂不知刚刚挤下的痘痘表面上看好像是没有了，但是却会在第二天蔓延更多！长此以往，脸上甚至会布满坑坑洼洼的痘印疤痕，简直像是月球表面一样，别提多可怕了！

**●用化妆品遮痘**

这也是最最错误的方法之一，很多人对痘痘束手无策后，就会借助化妆品的力量，来达到表面上的遮盖。比如用遮瑕膏、BB霜、粉底之类的物品，在痘痘处擦上厚厚一层，还天真地以为，只要别人看不到就可以了。殊不知这简直是自欺欺人！而被厚厚化妆品堵塞毛孔，脸上就又会分泌油脂，从而令痘痘复发得更加肆无忌惮！

**●涂橄榄油**

也许你会觉得，橄榄油是纯天然的护肤品，而且富含多种维生素，甚至还风传能让睫毛增长呢，这么好的东西，和痘痘应该是毫无关系吧！可是我告诉你，绝对大错特错！因为长痘痘的人，通常脸部都会油脂分泌过剩，如果这个时候再涂类似橄榄油这类油脂类东西，绝对会造成毛孔堵塞，令油脂分泌更加旺盛，从而使痘痘更加层出不穷。

**●敷去油面膜**

因为不能用含油脂过多的护肤品，那全部换用去油脂的护肤品，从洗面奶至面膜，全部护肤品统统大换仓，这样就可以了吗？我要告诉你的是，答案绝对是NO！因为人体的肌肤本身是含有部分油脂的，这层油脂会在我们肌肤表面形成保护膜，阻挡一部分灰尘等脏东西的侵害。这层油脂是对肌肤有益的，但如果矫枉过正，全部换用去油的产品，就会清除掉肌肤上正常分泌的油脂，肌肤就会变得很干。因为肌肤有自我修复的功能，清除掉这层肌肤上正常的油脂后，肌肤就会再次分泌出更多的油脂达到肌肤表面，从而导致痘痘继续肆虐，所以这就是为什么有些人越是用去油的产品，痘痘反而更多的原因。

## ※张氏私家祛痘法

因为我也曾深受痘痘其害，所以就比一般人更加关注祛痘的各种信息。只要听到祛痘的信息，就把自己当成小白鼠，积极地去尝试。中药、西药、祛痘产品、祛痘护肤品，一股脑全上，所以到现在也很难说，到底是其中的哪一种，还是哪几种起了效，让我远离了痘痘的烦恼。为了谨慎起见，下面为大家搜集的信息都是曾被各个国家的明星艺人们所推荐过，或是非常风靡的热门祛痘方式，一并奉献给大家。

**韩国明星最爱：内调外养**

韩国明星们更主张用内调外养的方式来祛痘排毒。例如裴涩琪平时就喜欢喝抑制油光和痘痘的橙花茶；韩佳人则喜欢用活氧和保湿成分的祛痘产品；全智贤喜欢用从草莓中提出有效物质的天然祛痘产品，她鼓励大家一定要多多喝水，这样才能排除身体毒素，清除痘痘。

**日本明星最爱：黑豆祛痘法**

日前在东京最流行的祛痘方式，就是这种靠吃黑豆的“低碳” 方式来实现。馨予帮大家请教了资深营养学专家，得知这种方式确实可行。原来黑豆营养丰富，每百克含蛋白质36.1克、脂肪15.9克、膳食纤维10.2克，还含有人体必需的维生素$B_1$、维生素$B_2$、维生素C、烟酸和微量元素等。黑豆中蛋白质的含量是牛肉、鸡肉、猪肉的两倍多，是牛奶的12倍。黑豆蛋白质的氨基酸组成和动物蛋白相似，其赖氨酸丰富并接近人体需要的比例，因此容易消化吸收。黑豆不仅可以祛痘，而且还可以达到瘦身减肥的功效哦。不仅是在日本，在韩国等地也同样风行。曾有位被痘痘困扰了11年的韩国男星，就靠着这个方法得以根治，并为此专门写了本书呢！

**好莱坞明星最爱：激光祛痘**

这已经是好莱坞明星大腕们公开的秘密，大家都喜欢这种方便快捷的高科技医学美容祛痘方式。但就算是最快捷的激光祛痘，也并非能达到一次就见效，不再复发的效果。

虽然祛痘方式各有千秋，大家只要找准正确的方法，并且坚持下去，就一定能和馨予一样，轻松达到“战痘胜佛”的头衔。

### ※医学美容祛痘：香薰控油祛痘

**推荐理由：**专业、享受

**推荐指数：**★★★★★

都说皮肤是女人的第二张脸，我也这么觉得。作为艺人，美丽更是必修课，我是对自己身材和皮肤状况都很苛刻的人，身材一定要凹凸有致，曲线毕露，这样才足够性感，也才更加上镜。但很多人不知道，其实我更加关注的却是皮肤问题。上镜再好看，也只是照片好看，因为照片可以忽略皮肤的质感，但只要一对着真人，皮肤好不好，旁人就会很直观地审视你到底是不是美女。如果别人在内心鄙视自己是个照片美女而已，就真的很丢脸了。

皮肤光滑水润、洁净无瑕，才能让我们面对他人的时候光彩照人，不但显得漂亮，还能显得年轻性感。因为皮肤的饱满与细嫩，是构成性感不可或缺的条件。我的脸上总是容易冒出几个痘痘，虽然并不严重，但总觉得痘痘的出现让肌肤不再完美，无法达到我心目中澄净、通透、白皙的肌肤水准。虽然常常在家自己护理，也买了不少祛痘的产品，但因为平时工作太忙，很多东西买回来之后就从没用过，而痘痘的问题也还是没有得到有效的根治和解决。

于是我特别留意专业的美容机构，毕竟是脸部的肌肤，马虎不得。后来我选择了百莲凯，一来是在朋友间口碑本身就比较好；二来我请教过他们很多问题，得到的答案都很满意；三来呢，因为常常跑通告，这家店分店有3000多家，根本不怕找不到。医师根据我的肌肤状况，替我制订了香薰控油祛痘的方案。

这种一边听着舒缓的音乐，一边沉浸在精油的香薰里的祛痘方式真的很棒！精油本来就有舒缓压力、解除疲劳的功效，再加上淡淡的香薰渐渐弥漫开来，让身体沉浸在香薰的美妙感觉里，只觉得很是放松，一整天的疲劳感都荡然无存了。甚至你还可以先喝一杯黑咖啡，再信手翻几页书，慢慢躺下，享受这场芬芳的祛痘SPA。

这种祛痘方式是采用仪器的特殊光波，深入肌肤底层到达毛囊底部，彻底清除潜藏在肌肤缝隙里的脏东西和过剩油脂。因为一般的护肤产品，只能清洁肌肤表面，并不能直接深入毛囊达到更深层次的清洁。这种特殊的光波不仅可以清洁毛囊，更兼具消炎、促进肌肤细胞修复、排除面部色素的功效。而治疗过程也很

温和，就是躺在长椅上，一边听着音乐，一边嗅着香薰的味道完成治疗，且没有疼痛或是不舒服的感觉。

香薰，我想不少女生都尝试过，医师解释说，香薰对人体的内分泌有很好的调节功能，不仅能解除精神压力，舒缓肌肉及脉络不畅，提高免疫力，而且还能使皮肤增加光泽与弹性，达到极佳的美容效果呢。这种香薰疗法与治疗痘痘的仪器相互结合的方式，不仅能让治疗过程轻松美妙，而被美容仪器彻底清洁的肌肤，会更容易吸收特制的精油，从而使治疗效果达到最大化。不仅可以控油祛痘，而且排毒和缩小毛孔的功效也很不错，非常适合皮肤粗糙、缺乏光泽、泛油、有暗疮和青春痘等人士。

不过，即使是香薰，也需要长久坚持，没有任何一种方式能够一次性完全祛除痘痘，并永不复发，就连以高效快捷著称的医学美容方式也同样不例外！这是因为痘痘的形成有多种因素，比

如体内的内分泌失调，比如这几天吃了上火又高热量的东西，比如天气炎热，比如心情不好等因素，都有可能导致痘痘的生成及复发。

但最重要的是，一定不能一看到痘痘就病急乱投医，一定要找准适合自己的方式，以及注意养成良好的生活习惯，这样痘痘才会逐渐被消灭。千万不要因为一时兴趣或心血来潮，采取了某种祛痘方式后，就不再很好地坚持，导致半途而废无疑是很可惜的。

**专家有话说：**

有几点注意事项一定要提醒大家。如果本身是过敏体质的人，尤其记得在做完这个护理之后不要吃海鲜、牛肉、猪蹄等食物。这类食物在中医里被称为“发物”，这时候吃的话，会更加引发肌肤过敏，严重的

话，甚至会造成肌肤感染，令痘痘反复发作。为了你的美丽，请暂时对这类食物说NO！另外，因为刚刚护理完的肌肤还很娇嫩，很容易吸收色素，所以酱油、醋等深色调味品也需要暂时忌口。

### Tips：祛痘小误区

祛痘最最不可忽视的就是要养成良好的生活习惯。很多白领族和学生族都习惯性地熬夜，常常过了晚上12点才睡觉，这样更容易增加身体的疲劳程度。身体没有休息好，就更容易引起内分泌失调，这可是导致痘痘肆虐的最大元凶啊！其次，一定记得，千万不要贪嘴，高热量及火锅等麻辣刺激性东西最容易引起痘痘复发，所以千万要做到尽量少吃！而我呢，嘿嘿，基本不敢去碰它们，毕竟我不知道何时就会立刻有通告要赶，顶着痘痘去做事，太缺乏专业素养了。

# 第四课　你不可不知的瘦身真相

网上流传着各种各样的减肥方法，比如说7天就能减20斤！或者，晚上只吃水果就可以瘦下来，等等，甚至很多网友都现身说法，一时之间真伪难辨。我一直鼓励大家用积极的心态、健康的方式瘦身。关于网络上流传的各种减肥方法，我们还是听听专家的解答吧!

## ※ 有关吃的流言疑问

世界上最美好的事情莫过于“吃不胖”吧！虽然很多瘦瘦的女生宣称自己是大食怪，不过也只有涉世未深的小绵羊才会信她们的鬼话呢！我建议大家，吃东西要有技巧，吃得巧又饱！切记健康第一!

**问题1：到底可不可以吃水果减肥？苹果餐真的有效吗？**

**网友解答：**用水果减肥是可以瘦啦！减重时，应该直接吃水果而少喝果汁，因为果汁摄取上容易过量，而市面售的果汁，每100cc约含30～50卡的热量，因此在减重期间还是建议吃整个的水果比较好，除避免摄取过量外，还可以吃较多的纤维质，增加饱腹感！

**专家评价：**67%正确。

单一食物减肥对于身体以及瘦身的效果都很不好，任何减重都是一样的。饮食配合运动，才能达到真正的减重。果汁虽然方便，但是营养价值比不上真正的水果，而且流质的食物比较不容易饱腹，还容易造成过量的问题。

对于“水果=瘦”，这个观念存在很久了！很多减肥的女生以为只吃水果不吃饭就不会胖，其实不然。水果中所含的卡路里及糖分含量高低不同，吃得过多，和吃饭一样还是会胖的。卡路里及糖分含量高的水果有香蕉、荔枝、芒果等，而柠檬、小番茄等热量及糖分则较低。热量高的水果不可多吃。就健康来说，水果可以提供纤维质以及维生素C，但是过量的就会被排出体外，因此，适量地摄取水果，才是聪明的方法。

**问题2：晚上不吃真的会瘦吗？**

**网友解答：**睡前3小时不要吃东西，早餐吃，午餐也正常，晚餐不吃，就会瘦。我有一个朋友下午4点后就不吃晚餐了，原本58公斤，现在已经瘦到43公斤了。她已经没吃晚餐快两年时间了，真的会瘦哦！你想啊，正常人一天吃三餐，如果你一天只吃两餐的话，热量、营养不够，自然会瘦。但如果你早、中餐吃超级多又没运动，那当然就不会瘦！

超过晚上8点后吃东西就算是夜宵了，尽量避免超过晚上8点后还继续进食。

**专家评价：**60%正确。

这类说法最容易引起网友的共鸣，虽然有不同言论，但是只要有人跟你站在同一边，减肥的“同情心理战”是最有效的！不过，还是要懂得自我判断正确性哦！不然，大家都说吃蟑螂会瘦，你会尝试吗？

如果你没有吃晚餐，也没有吃其他东西来取代晚餐，且早、午餐也没有多吃一些存起来的话，不吃晚餐一开始是会瘦的，如果以一顿晚餐800～1000卡来算的话，大概7天就会减轻一公斤的体重，而且前几天体重可能会减轻得非常快。

但是，当身体习惯晚上不吃的时候，体重会越减越慢，到最后可能就减不下来了，因为身体会“节约热量消耗”，并提升“能量吸收”，下一餐的热量吸收就会加多，而一恢复正常饮食时，很快就会胖回去。当我们不吃晚餐时，午餐到隔天早餐的距离太久，晚餐到早餐是一天当中时间最长的，如果空腹太久的话，长时间如此，你的胃可能会饿出问题的！若想减肥，最好的方法是晚餐均衡吃，吃少一点儿，可是不能不吃。切记！睡前3小时不要再吃东西就好，真的太饿，喝杯低脂牛奶或吃个水果来止饥吧！

**问题3：喝水到底能不能帮助减肥？**

**网友解答：**大家都说没事，多喝水对身体好，又可以增加饱腹感，可是我每次喝太多水，隔天就会水肿，而且还会一直尿尿，根本睡不好。建议是睡前3小时就不要喝水了，这样眼睛才不会水肿哦！

**专家评价：**88%正确。

建议成人一天要喝8杯水，差不多是2000cc的量。喝白开水是补充水分最直接的方法。不过一些人常常忽略了食物中也含有相当的水分，像一些瓜果、汤品等，因此，营养师表示，现代人

反而常会有“喝过头”的现象。

补充水分最好是少量多次，慢慢补充，不要一次大量地牛饮。喝水的好处非常多，无论是对于体内的循环代谢，还是对皮肤、细胞生理机能都很有帮助，当然，对于女生最关心的身材问题也很有帮助。在用餐前先饮水，的确可以增加饱腹感！事实上，要消除泡泡眼，可以利用冰敷，或是直接将脸泡进冷水里，就可以快速改善哦！

## ※ 有关运动的流言疑问

女孩子对于身材的曲线也是格外重视，从头到脚没有一处放过！身材的塑造最主要是靠运动，不过运动似乎又是大部分女生的噩梦。馨予要提醒大家，运动不只是对保持身材有好处，对身体健康更好，所以一起动起来吧！

**问题1：空中脚踏车的速度多快才好？**

**网友解答：**空中脚踏车，真的很有效呢。

**动作：**1.首先坐在地板上，利用反动力来倒立。

2.用手扎实地撑在背部，脚尖往天花板的方向尽量伸直。

3.用肩和手肘来支撑在地板上，慢慢地在空中踩脚踏车。

**次数：**30～50次。

**重点：**膝盖伸直，两脚离得越大效果越好；拉时请用力，大腿前侧有酸的感觉，就是有效的证明。

**专家评价：**83%正确。

空中脚踏车属于万年美腿操，流传了十年之久。不过，复健科医生认为效果其实有限，这是因为在姿势上面就已经有难度了，撑在地上抗地心引力，腿挣扎着动几下就没力了。光用背部的力量来支撑全身，这可不是在表演特技，对颈部和脊椎实在很危险。你应该先把脚靠着墙壁，让腿适应一下，再慢慢蜷起双腿，然后用手扶着腰部或是垫着枕头，双脚在踩的时候，小腹要记得收缩才有效果哦！当然，也不能在太硬或太软的场地做。

**问题2：我的萝卜小腿是不是瘦不下来了？**

**网友解答：**

1.晚间少吃淀粉质。在晚餐或消夜时吃下大量淀粉质，又缺少消耗卡路里的活动与时间，就会让脂肪细胞聚集，特别容易大量囤积在下半身，萝卜腿也就浑然成形了！

2.勤做按摩。腿肚的粗度若是身高的五分之一，算是理想尺寸。不妨每天睡前努力按摩小腿5分钟，萝卜腿以及水肿的情况也就能够得到改善了。

3.运动帮忙瘦腿。想改善腿部曲线，踩脚踏车是最好的选择了，你也可以做踩空中脚踏车的运动，它能提高大腿的紧张度，并让腿部紧绷，一样可以达到良好的美腿功效。

**专家评价：**90%正确。

如果你的萝卜腿已经很硬又大块，其实就很难再瘦下来了，可以考虑求助于整形外科，最传统的手术方式就是开刀切除肥厚的腓肠肌。

单纯的水肿腿可试试下面几招：

1.每天按摩小腿，按的方式一定要从脚指头往上按，也就是血液循环的方向！建议加一点塑腿霜或是乳液加强效果。

2.睡前抬腿，是很多艺人模特推荐的，把脚抬到墙壁上约半小时，可以解除水肿。

3.尽量少穿很高的高跟鞋，这样会压迫小腿，严重还会大脚趾外翻哦！

4.抽脂。很多萝卜腿大多是由肌肉肥厚引起，因此抽脂改善的效果非常有限。

5.注射肉毒杆菌是最近很受欢迎的方法，风险小，相对效果也有限。

**问题3：调整型内衣真的有用吗？调整型内衣要穿多久才有效？一定要穿一套吗？**

**网友解答：**我的经验是刚开始穿会不习惯，因为很紧，有时候觉得快要窒息，所以花了一些日子去适应。但我觉得穿调整型内衣真的会比较好，食量会减少，而且还可以帮助塑身，把多的肉肉给调整变小，而且多穿几次就习惯了。

**专家评价：**55%正确。

调整型内衣还真是有很多种，以往认为只有妈妈们才会穿，现在有越来越多年轻人想要尝试哦！选择调整型内衣有几个重点，像品牌、设计师、设计和剪裁、售后服务追踪等。品牌和设计师的专业及服务是很重要的，设计原理好的才符合人体曲线，才能达到对脂肪的引流、阻挡和定位的功效且曲线效果明显。最后定期的脂肪追踪也很重要，这样才能随时掌握我们的身材曲线变化。

**问题4：瘦身霜有用吗？是不是贵的比较好？**

**网友解答：**一般市面上的瘦身霜都没什么效果吧，我自己也买过很多，可是都不觉得有什么效果！会热的感觉大部分都是加了刺激性的东西，再加上手去摩擦之后才发热的吧？还是靠自己少吃多运动比较实在哟！嗯，如果只擦不动的话，是一点儿用都没有哟！只是帮助你的皮肤紧实，所以搭配按摩、运动，效果会更好！我以前只是擦，所以都没有什么效果，后来朋友跟我说要按摩加运动，结果效果真的出来了！不管是哪一个牌子都是一样的。

**专家评价：**53%正确。

每个人的肥胖原因不同，饮食习惯也不同，所以不能一篙打翻一船人呀！现在塑身霜分得很细，这也是日后塑身市场的趋势。其实很重要的是要了解自己的肥胖成因，需要燃脂、排水、塑形还是去“橘皮”，在购买的时候，尽量和销售人员多沟通，针对自己的需求去买，才能达到该有的效果哦！

# 第五课　美肤总动员

女生们常常为护肤而苦恼，每天小心仔细地护肤，却总是不见效果。想改善肌肤状况，却苦于听不到专业的意见，现在，就让我和皮肤专家一起来给出建议，让大家都做到精明护肤，是我最开心的事情呢！

## ※ 常保养中最重要的环节是什么？

**皮肤专家：清洁。**

这是日常保养的第一步，也是护肤的基础。正确的清洁方式不仅能去除皮肤表面的油脂污垢、细菌和彩妆残留，清除老化死皮，防止角质堆积，同时也为后续保养品的吸收作好准备。因此，清洁工作做不到位，就容易引起各种皮肤问题，比如出油、暗疮等，还会阻碍后续护肤成分的吸收。很多人购买护肤品时，都会关注营养度，却忽视了皮肤的吸收能力，而深层有效的清洁能为皮肤扫清吸收障碍，促进护肤品的效用。

**ME：防晒+健康生活习惯**

在我看来，最重要的当属防晒，因为防晒对于肌肤健康非常重要。阳光中的紫外线会使肌肤变得脆弱，导致干涩、老化和色素沉积，更严重的可能导致晒伤，损害真皮层中的胶原蛋白和弹性硬蛋白，使皮肤松弛，产生皱纹。日晒的伤害可以经年积累，就是说，少年时期的日光受损，也许到了十几年后，还在影响你皮肤的健康和美观。

我觉得，人必须先要有健康的生活习惯，否则一切保养疗程、再好的美容品都是白搭。在开始美容保养疗程前，先问问自己，是不是有充足的睡眠、均衡的饮食和开朗的心情，如果你的生活和情绪都处在一团糟的状态，那就先调整好，再开始美疗。心情好了，皮肤才会好，好皮肤又能带给你更多的快乐，尽量形成这样的一个良性循环，是你在纠结哪种保湿更给力、哪种洁肤更彻底之余，必须考虑到的一点。

※ 日常护理中，人们最容易犯的错误是什么？会导致怎样的后果？

**皮肤专家：清洁不当。**

最常见的错误是清洁不当。彻底清洁虽然重要，但追求彻底清洁的过程中如果因为方式或用力不当伤害皮肤，就得不偿失了。长此以往，皮肤变得容易敏感、泛红，甚至起疹、发痒。例如额头和鼻梁区域，即大家常说的T区，角质容易堆积，出油多，如果不注意清洁，角质就会堵塞毛孔成为黑头。

现在市面上有很多鼻贴、黑头针之类的产品，第一次用效果可能还不错，但是多用几次却发现附近的皮肤常泛红、敏感，原本可以使用的保养品都变得刺激，这是因为大力拔除黑头的做法很可能伤害了周遭的皮肤，拔除后的开口，也容易让细菌进入。种种不当的清洁方式，不仅会破坏皮肤表面的组织，降低天然防御力，还可能会引起发炎、红肿等问题。



**ME：频繁更换护肤品**

“找到适合自己的保养品”人人都会讲，但未必真能做好。

你也许会因为气味、质感而爱上一款保养品，也许会因为感觉它“切实有效”，这都没错，但是不要没过几天就因“感觉没用”而匆匆更换。如果你的皮肤真的容易敏感，就在使用前按“先手腕内侧，再面部小片区域”的顺序做好皮肤测试。如果你觉得某款保养品确实对你有效，就至少用足三个月。如果频繁更换护肤品，既没有效果，一旦发生问题，也难以找到原因。

### ※ 你自己日常的护肤程序是什么？

**皮肤专家：**我自己的护肤基本步骤是清洁、爽肤水，然后视季节和环境的干燥程度，在精华、乳液或者面霜中选择一种使用。晚上回到家一定要彻底清洁，然后护肤，每周再不定期敷几次面膜。每天皮肤上都会有老化角质产生和脱落，年龄增长、日晒、生活不规律等因素，都可能造成角质代谢障碍。如果说保湿防晒是在保护角质，“深度清洁”就是在促进老化角质脱落。当然，你必须使用正确的方式才能做到既预防角质堆积，又不会损伤皮肤。护肤品和保养程序上力求简单有效，注重保湿、舒缓和抗氧化。换季和皮肤状态不稳定的时候，我随身携带自己研制的舒缓抗敏喷雾。

ME：

我的基础护肤四步是：清洁—爽肤水—精华液—保湿霜。白天严格防晒，晚上一定会深度清洁面部，再进行基础护肤，另外就是一周做两次去角质护理。说到“去角质”或“深度清洁”，很多人的第一反应就是磨砂甚至用粗硬的东西在皮肤上搓，或者担心皮肤会变薄，这都是完全错误的。我建议大家选择温和而且专业的去角质产品，在去除多余老化角质的同时，也能保留健康的角质部分，这样才不会损伤我们娇嫩的肌肤。

## Chapter 03
# 跟着潮流“微”变化

好吧，大家对身材的认知想必都已经知道了，挺起来的白瘦美们，你们已经有了从宅女进化为宅男女神的觉悟了吧？

但是，还不够！

尤其是对于身体上某些无法弥补的缺陷时，我们该怎么办？

那么，问我吧！

对于这个问题，作为一个资深宅女兼美容达人，我可以非常有把握地告诉你：变美，仅仅需要微调整就可以！

微博、微信、微电影、微小说……现在，我们身边似乎一切都以“微”为潮流，以简介方便为宗旨。以最快的速度达到最满意的效果是现代很多人追求的方式。

今天，我就告诉大家一个变美的微改变方法。

# 第一课　时髦微整形，全方位解码

我一直希望自己的脸能够更瘦一点，而且非常害怕表情纹的出现；夏天眼看就要到来，小腿如果不够紧致就成了大问题……不需要开刀流血，不需要恢复期，不会红肿，只需要短短数分钟的治疗，就能让人不易察觉地偷偷变美，做完立马就能参加Party。很多人可能以为我在开玩笑，怎么可能会有这样超级轻松又兼具多种功能，同时还这么快速高效的变美方法？

但我要告诉你的是，这种方法是存在的！这种神奇的变美方法，就是大S曾在《美容大王》（1，2）中均介绍过的“微整形”！说到“微整形”，早已是演艺圈内公开的秘密，这种不用动刀、不会流血的新型医学美容方式在眼下超级流行，受到越来越多人的青睐。

接下来，我会就自己了解到的第一手信息，并结合资深医学美肤专家的意见，给大家全方位解码关于微整形的相关知识。同时馨予要提醒大家，虽然微整形风险小，但依旧要谨慎选择。

## ※ 什么是微整形？

微整形，通常被叫作“非手术美容”，就是利用高科技的医疗技术，不用开刀，短时间就能变美变年轻，逐渐取代整形外科手术的高科技医学美容方式。甚至只需午休或周末的短短时间就能完成治疗，所以又被叫作“午餐美容”。

这种方式因有简单、安全、恢复快、效果显著的特点而备受消费者青睐。

## ※ HOT！最流行的微整形项目大盘点

**1.瘦脸针（又叫肉毒素，Botox）**

不用我多说大家也都知道，很多明星都喜欢在有重要发布会的前夕来打一针瘦脸针，让自己的脸部轮廓更为分明，达到瘦脸和更加上镜的效果。大家可千万不要想当然地以为“肉毒素”这三个字里面有一个“毒”字，就觉得一定是很可怕的东西，这种从肉毒杆菌的蛋白质中提炼出的物质，通过现代高科技方式处理，是非常安全的医学美容品，所以，它风靡欧美并不是没有原因的！

据专家介绍，这种瘦脸针的原理是阻断神经与肌肉的兴奋传播，能使原本肥厚的肌肉缩小，以达到瘦脸的功效，而且不影响工作和生活，为“零恢复期”。除了能瘦脸之外，不同的注射还能达到改善各种面部细小皱纹的功效，比如祛除抬头纹、眼角的鱼尾纹等，可谓是非常方便的面部修复大师！

不过，各位心急的女生需要注意，这种注射瘦脸针的效果是慢慢出现的。依照不同的体质，一般会在注射当天至两周后才出现效果，并不是所有人都能一针下去，瞬间就变成瘦瘦的“v”形脸！这种针的效果一般可以维持5～10个月左右。如果适当地避免频繁的咀嚼运动(如嚼口香糖、嗑瓜子等)，还可以保持更长的时间。

**瘦脸针价格：**一般根据脸部注射的部位不同，瘦脸针的价格也不同。比如，有的医院瘦脸针价格是按部位收费的，不同部位价格也不同。不过也有瘦脸针的价格是按针收费的，一针一般在2000元到5000元不等。

**2.玻尿酸注射（又名透明质酸）**

这也是明星们最青睐的美肤法宝之一，甚至有人这样评价它：“现在的好莱坞女明星如果没有玻尿酸的话，她们可能会活不下去。”“玻尿酸，就像上帝用来制造亚当和夏娃的黏土。”

其实玻尿酸是人体真皮组织的成分之一，广泛分布于人体各部位。它可以改善皮肤的营养代谢，使皮肤柔嫩、光滑，增加弹性，防止衰老，此外，玻尿酸还具有超强的锁水功能，补充玻尿酸能使皮肤莹润而富有弹性。据说，目前全世界有超过1000万人次使用玻尿酸，用来除皱、面部塑形、保湿等美容治疗。

如果你是想做整容又害怕手术的爱美人士，希望能迅速改善自己的肌肤状况，那么选择注射玻尿酸是再合适不过了！因为它不仅方便高效，而且最重要的是相当安全。它不仅早已得到了国家药监局的批准，而且是能够被人体直接吸收的最安全的非手术美容材料之一。玻尿酸除了能改善肤质，让肌肤光彩照人之外，还可以用于填充皱纹、丰唇等。不过，它唯一的不足之处在于它的效果保持的时间比较短，通常只可以维持3～24个月左右。

**玻尿酸注射价格：**目前市面上玻尿酸的价格不一，便宜的有几十块钱，贵的至几千块，这导致很多消费者无法分辨，只一味

贪图便宜。其实，正规的玻尿酸价格都在每支4000元到8000元。

**3.胶原蛋白注射**

说到胶原蛋白，相信大家一定不会陌生。在第一章的“美胸”章节里，我给大家推荐的要经常吃的猪蹄汤和凤爪里就含有大量的胶原蛋白。长期食用不仅能丰胸、美白，更重要的是能让肌肤非常有弹性，使皮肤变得很“Q”。

不过，食疗的效果一般都比较慢，再加上一定要常年坚持，而且还要有不怕长胖的勇气。相比之下，直接采用高度提纯的医学美容注射的胶原蛋白，无疑又省事又方便。一般只需要5分钟的注射，就能达到瞬间年轻好几岁的神奇效果！

因为胶原蛋白本身就是一种高分子蛋白质，所以对人体也是非常安全的。丝状的胶原蛋白纤维能使皮肤保持结实而有弹性，而且还能填充并修复皮肤皱纹，从而达到既美肤又祛皱的效果。

**胶原蛋白注射价格：**根据要注射的不同部位和皮肤的具体状况而不同，有的是按照注射的部位收费，也有的是直接按照每针的价格收费。一般每支的价格是在5000元到10000元不等。

**4.美白针**

可能很多人都很奇怪，为什么明星们好像都会自动PS一样，明明才结束了新剧拍摄，被晒得黑了一圈，转眼就能在几天后的发布会上迅速白回来。在这里我要告诉大家的是，除了最常规的化妆技巧的掩饰之外，很多明星都是靠着美白针而迅速美白的。

不过，它并不是大家想象中的一根针管扎下去就OK了，而是像我们平常输液一样打点滴，注射的时间需要40分钟至1个小时。这种美白针是由三种氨基酸结合而成的三肽，它还具有抑制自由基的作用，能有效地防止机体氧化。当对人体有益的物质通过静脉点滴进入人体后，就能有效地阻止我们皮肤里面黑色素的形成，使皮肤呈现由内到外的细嫩美白。它不仅可以改善皮肤暗沉，清除色素，而且对于细小的斑点也有很好的效果，相当于从头到脚给全身都做了很多次美白浴。

**美白针价格：**一个疗程从5000元到10000多元不等，一个疗程大概十五次左右。

**5. 溶脂针注射**

我是最近才知道这种由德国Hasengchwandtner博士发明的消

脂针的，效果十分神奇，是目前国际注射溶解脂肪技术在使用中效果最好的一种，也是目前国际流行的最新懒人瘦身法，它能够极快速而安全地让你瘦下来。

只需要直接注射在想瘦的部位，就能够有效促进顽固脂肪层膨胀分解，并很快分解排出脂肪细胞。溶脂针的优势在于随时都可进行，非常方便，特别适合快节奏的白领OL们。利用午休就可以进行，而且不需要全身麻醉，疼痛感非常轻微也是它相较于其他减肥方法的优势之一。

不过要提醒大家的是，这种注射溶脂术对双下巴、手臂“蝴蝶袖”、妊娠纹等效果明显,一次就能达到满意的效果，但对腰腹部、大腿等脂肪堆积处的效果比较慢，需进行多次治疗。如果脂肪层太厚，就只能选择抽脂手术才能保证最好的效果。

**溶脂针注射价格：**根据具体的脂肪厚度和个体差异性不等。

### ※ 微整形须谨慎

介绍了这么多之后，现在大家是不是对微整形有了最基本的认识了？我个人对不动刀的美容整形感觉要比做手术信任得多，这种术后效果犹如整形手术般的明显优势，让我感觉并不比在家敷黄瓜麻烦，却让需求得到了极大的满足。

轻松之余我还要多说几句，千万不要贪图微整形的方便快捷，就凭着一时的心动盲目找个小诊所来进行诊治。由于目前医疗整形市场管制力度尚不足，许多非法的整形美容小医院、小会所因微整形的巨大市场收益也开了微整形项目，但是他们的设备、医疗水平等得不到充分保障，微整形虽不用开刀，但注射微整形等其实比传统美容手术需要更高的技术水平，而且材料、设备、消毒等方面都与求美者息息相关，切不可因一时优惠而落入消费陷阱，反而留下终生遗憾！

# 第二课　微整形不是万能的

微整形绝对不是万能的，请大家一定不要迷信！

这一点我一定要再次提醒各位。

为了对大家的安全负责，所以大家在看本章节时一定要仔细阅读哦。

微整形是一把双刃剑，它能让你美丽倍增，但如果在医疗平台、医师、方法、材料的选择上稍有不慎，则可能陷入安全隐患。

## ※ 误区一：到美容店也可以做微整形

很多女生都会觉得既然微整形不需要开刀做手术，而且又很安全，那为什么还要去选专业的医疗美容机构呢？现在有的小美容院也会提供激光美容、注射美容服务，甚至还可以做双眼皮、隆鼻等整形手术，可是，你觉得这些商家可靠吗？

**专家正解：** 凡是整形美容，只要是有创的手术，都必须在严格的消毒隔离条件下才能进行。就连光子嫩肤等无创类的激光美容，也必须由培训过的专业医师操作，要对患者的个体情况、皮肤厚度等各方面进行系统分析，才能保证患者的治疗安全。而一般的美容店不具备这种条件。

### ※ 误区二：做个跟明星一样的鼻子

作为明星，衣着打扮、言行举止，甚至喜欢的颜色、品牌等都具有一定的带动性，就连馨予自己也很开心能被大家喜爱和接受。但我要说的是，千万不要因为喜欢某个明星，就带着某个明星的照片，点名要做个“跟某某一样的鼻子”或者“跟某某一样的脸型”。

**专家正解：** 这种想法是不切实际的。无论是整形美容还是微整形美容，都不仅要做到单个器官的美丽，还要做到整体的协调。在别人脸上美丽的器官，放在你的脸上未必协调。一个合格的医师会根据每个人的年龄、职业、气质、相貌特征来进行整体设计和综合打造，而不只是单纯地做千人一面的模仿!

### ※ 误区三：玻尿酸价格越便宜越好

因为注射玻尿酸能迅速改善自己的肌肤状况，而且可以多次反复注射，既然如此，那么选择玻尿酸时，选择越便宜的，性价比就一定越高!

**专家正解：**在台湾，每毫升的价位一般在2.5万～3万元新台币之间。在大陆，整形机构玻尿酸报价大概在4000～8000元/支。若低于这个价格区间，消费者就要特别小心，千万不要为了贪一点儿小便宜而误用了来路不明的填充物，让自己的脸蛋陷入未知的风险中。

### ※ 误区四：反正我要多次注射，自然要选便宜的针剂产品

有一些预算不高又想要自己变美的女生，她们一边青睐微整形的神奇功效，一边又苦于高昂的价格，两相权衡之下，就会振振有词地说，反正我要多次注射，自然要选便宜的针剂产品。因此，市面上一旦出现便宜的针剂产品，就欣然前往。

**专家正解：**有的医师诊所将1cc/每支的玻尿酸针剂分装成五支或十支不等的针剂，然后出售给消费者，每支约0.1cc或0.2cc左右。如您遇到此类的玻尿酸针剂，要担心有分装接触空气变质的危险，或者医师在分装过程中感染，这些对消费者都是一种欺骗的行为。实际上，合法的玻尿酸都是直接装在针筒里，用无菌的密封包装。使用前，只要直接拆开包装，再装上施打的针头，就可以施打，绝对不会是分装。

### ※ 误区五：用别人打剩下的针剂，安全又实惠

听到朋友兴高采烈地对我说："这次我捡到大便宜了，给我打针的××医生人特别好，把上个顾客打剩下的胶原蛋白全便宜算给我了，这比直接买新的更划算呢！"

**专家正解：** 坊间有许多医师或诊所将客户打剩下的针剂产品换过针头后再贩售给其他客户，这样很容易间接感染病毒；再者，针剂产品一旦经过拆封接触空气后，就会产生变质，所以原厂建议施打后请于1～2周内回诊时，评估是否需再将剩余部分打入，若不需要则将剩余之针剂产品予以销毁。

### ※ 误区六：微整塑形，终身有效

有很多医院为了招徕顾客，都打出了"微整塑形，终身有效"的广告来，但是事实果真能如此一劳永逸吗？

**专家正解：** 微整形不是一劳永逸，包括打玻尿酸、肉毒素在内的大部分项目都并非永久有效，所维持的效果可能在几个月到

一年之间，这与整形部位及个人体质差异有关。虽然不能维持终身，但是从另一方面讲，能够在人体中自然代谢的物质才更安全。而且，由于医生和顾客的审美观不同，如果顾客对自己的整容效果不太满意，等到自然失效之后也可以重新做。

**Tips：注射微整形有讲究，适应人群要分清**

任何整形手术都存在一定的风险以及其适应人群，因此专业医生提醒消费者，要认清自身实际需求，不可盲目随波逐流。专家指出，目前无创类等面部塑形的安全年龄，男孩子在20岁左右，女孩子在18岁左右。

另外，注射羊胎素、胶原蛋白、玻尿酸、肉毒素和溶脂针等进行除皱、抗衰老产品的适宜年龄在25岁以上，因为此时的身体发育比较完善，对身体不会有什么不良的影响。

## 第三课 微整塑形分年龄，时髦美丽更加分

朋友做微整形的时候，我都提醒她们要正确对待，理智消费，根据自己的年龄和自身皮肤的状况来选择相应的微整形项目，朋友听了我的话都笑我哪里像个明星，倒像是准备入行医疗美容界，专业术语一套一套的。我也笑了，日久成医嘛。将微整形划分得如此细致，也许会使很多女生感到麻烦，原因和你去买护肤品的道理是一样的。同样是美白霜，适用的人群却不同。比如有的是干性肌肤的人适用，有的是适合油性肌肤的，还有的是专门为混合性肌肤准备的，看起来都差不多，实际上却大有区别。

微整形也是同样，就拿祛皱来说，同样是皱纹，20多岁的人眼角的干纹、轻微细纹和40多岁的人眼角的鱼尾纹和法令纹等就不同，所要使用的微整形项目也是不同的。因此，我要忠告大家，要先看清自己的年龄阶段以及对应的皮肤状况，然后再选择相应的微整形项目，这样才能事半功倍！

## ※ 年龄阶段：25～35岁

**皮肤状况：**

眼角、嘴角有轻微细纹；

肤色暗淡无光，或是泛油光；

四肢“毛手毛脚”。

**专家建议微整形项目：**

1.注射肉毒杆菌（除皱）。

2.光子嫩肤项目或黑脸娃娃项目（改善皮肤状况）。

3.冰点脱毛。

## ※ 年龄阶段：35～45岁

**皮肤状况：**

年龄、抽烟、睡觉时的挤压、重力的牵引等引起皮肤松弛，造成面部皱纹；

法令纹出现；

肤色暗淡无光。

**专家建议微整形项目：**

1.注射玻尿酸（除皱）。

2.内源性生长因子注射除皱（ACR）。

3.注射胶原蛋白（改善皮肤状况）。

## ※ 美白针应该多久见效？

很多女生最青睐的就是打美白针，俗话说，一白遮百丑，很多朋友在看到打完美白针的效果之后，都会考虑再进行第二次注射。在自身健康的前提下，美白针到底多久打一次才好呢？我觉得每个人体质不同，所以问了百莲凯的美白嫩肤专家，以专家的解答来给大家释疑。

**美白嫩肤专家：**

我们提倡个体疗法。针对不同的体质、身体状况、健康程度，不同的人，治疗的次数是不同的，打美白针的间隔时间也是各不相同的。美白针无特殊副作用，但会对药物过敏的特殊体质除外。

因为美白针是养护性的，可以帮助排除体内毒素及加速新陈代谢，如果再加上医学美容的护理疗程和有效的保养品配合，肌肤就可以由内到外地改善，效果会非常完美。美白针一次的疗程一般约在二十分钟内完成，所以这是一项省时又安全的美白好方法。

美白针中所选用的药物均是安全性很高的准字号药物，所以注射后除了美白效果以外，顾客还会发现注射期间喝酒比较不容易醉，免疫力也会提高，同时还有固肝、提神的功效。当然，我们应该在医生的监护下进行。

是的，选对了美白针，得到的并不单单只是美白的功效，那么除了美白之外，它还有其他的哪些神奇功效呢？

美白针的功效确实不单单只是美白，通常还兼具以下三点功效：

**1.美白针抗氧化**

要想美白肌肤，就要积极摄取抗氧化营养素。营养酵素和维

生素C能消除令皮肤氧化的游离基，并有助于修复因游离基对皮肤造成的伤害，更是预防皮肤老化受损，以及美白祛斑和对抗皱纹的重要营养。

**2.化斑点，防止色素**

美白针中酪胺酸酶的活性可以调节并多巴的氧化，防止黑色素形成，并淡化色素，从而美白肌肤。

**3.促进新陈代谢，延缓老化**

美白针可以改善血液循环，促使皮肤有生气，面色红润;通过血液将氧带给皮肤中的细胞，使皮肤得到充分的活氧与营养，并且排出废物与二氧化碳。另外，营养酵素可以促进胶原蛋白和弹力纤维的合成，促进美白，并使皮肤富有弹性。

专家表示，打美白针停了之后，更要做好每日的基础保养及定期的医学美容护理，若是能将打美白针的效果当作固定的定期保养，不但可使肌肤一直保持白皙、细致，更是最佳的由内到外的抗老化方法。

※ Q&A

**Q：很多明星都推荐的“黑脸娃娃”“白瓷宝宝”到底是什么？**

A：“黑脸娃娃”说到底是一种激光嫩肤技术，先涂上进口的纳米级的炭粉，大约5分钟后，用长、短脉宽的激光技术交替进行治疗。这种方法可以渗透到皮肤的表层和深层，刺激胶原蛋白的生成，达到改善肤色、增加皮肤弹性和光泽的功效，对紧实、提升及收缩毛孔尤其显著。

另外一种做法，因为不用炭粉，做的时候脸上不黑，所以被称为“白瓷宝宝”。同样是激光嫩肤技术，使用更高级的平滑光斑激光技术，它对包括黄褐斑在内的各种斑点特别有效，达到淡化斑点、改善肤色、祛黄祛黑的功效，一般5～10次后会有明显效果。

**Q：进行过微整形后，皮肤会变干，那么是否意味着冬天不适合做微整形？**

A：微整形后皮肤变干的现象确实存在，但好的医生使用好的设备来操作，这种情况就不会有多严重的。在做之前，务必要进行一次真正优质的皮肤检测，判断皮肤的厚度与色斑的数量，以确定合适的能量参数，制订科学的治疗手法。同时，在治疗前后都要做好防护工作。

**Q：微整形不用手术开刀，是不是就不用做防护工作了呢？**

A：不是的。在进行治疗前，应该确定皮肤正处于一个稳定的状态，如果刚刚经历过阳光暴晒，所有的微整形都是不适合的。治疗后，最重要的是加强保湿与防晒。刚开始的几天，可以用纯净水洗脸；过后可以多做一些单纯保湿或补充胶原蛋白的面膜，而敏感性皮肤的人士最好使用药妆类保养品。此外，不要待在暖气充足的房间里，也不要吃刺激性的食物。

**Q：听起来，微整形也需要小心谨慎，那么，两次治疗间隔大概要几天？**

A：到有资质的正规机构做微整形始终是一条原则。说到两次治疗之间的间隔期，一般皮肤的新陈代谢周期为28天，就像吃药得趁着半衰期吃，这个治疗也是周期的一半时再巩固。当然，每个人在不同季节里的代谢情况是不同的，可以适当地做些调整。

## 第四课　保养很关键

即使再安全的微整形，在做完之后也需要保养，毕竟皮肤的护理是女孩子一生的功课。如果想要微整形的效果持续得更久一些，就一定要做好之后的保养工作。

千万不要小瞧了微整形后的皮肤保养，它能帮你巩固皮肤状态，使你所做的努力得到最大的回报。术后两周内是肌肤修复的黄金期，这一阶段护理的好坏决定了是将微整形美容后的战果保持不败，还是出现泛红、蜕皮、黑斑等皮肤问题，以致前功尽弃。来，跟我一起来学微整形后的皮肤保养工作吧！

### ※ 最基础的保湿，你做得好吗？

尽管是不动刀、不见血的美容小手术，但术后皮肤的自我保护和防御能力都会降到极低值，最直接的肌肤反应是：皮肤干燥。

经过切身体会，我建议大家要挑选一款具有充足补水锁水功能的保湿霜。首先，注意产品的成分中，不含酒精、香精、防腐剂、色素等，以避免引起处于脆弱状态下的肌肤敏感；其次，配方中最好含有具有舒缓效果的成分，例如绿茶、洋甘菊、甘草根、金缕梅等；最后，就是产品保湿能力的持久度，涂抹保湿霜两个小时后，注意从不同角度观察肌肤，是否有局部干纹或是脱屑现象，如果有，要注意马上补充涂抹。有了这些防护措施，你就不用担心脸干到龟裂啦。

Tips：

由于此时肌肤的角质层很薄，不要用平时打圈按摩的方式涂抹保养品，以避免因为大力摩擦造成肌肤受损，应该先在掌心将保养品匀开，再擦于肌肤，然后用拍打的方式，帮助吸收。

## ※ 色斑不反弹，做好防晒小心机

据我对周围朋友的经验总结，在经过微整形祛斑后，每个人持续的时间不同，其中争议最大的激光祛斑手术，有人能术后五年都不反弹，而有人可能在术后几个月面部就出现了更明显的色斑。皮肤科医生告诉我，区别仅仅在于你的防晒是不是做得足够好。只有恰当的防晒才能维持细胞正常免疫机制，恢复肌肤自我防御能力，防止色斑的进一步产生。

我们的肌肤本身非常敏感和娇嫩，尤其是刚做了激光治疗后的肌肤更是特别脆弱，我建议使用专为敏感肌肤设计的防晒产品，防晒指数在SPF30左右是最好不过了。同时，要减少在户外的时间，防止由于光线照射造成的肌肤隐形晒伤。在黄金保养期后，可使用普通的防晒产品。所以绝对要强调的是，一定不能忽视肌肤防晒。

### ※ 肌肤泛红怎么办？矿物粉底有面子

如果你刚做完微整形后，发现自己的皮肤开始泛红，不要惊慌（虽然我自己也曾惊慌过），那是正常现象。肌肤局部泛红是进行微整形后的标志性症状，尤其是在做了祛皱或深层祛斑等微整形项目后的第三天，有些人的泛红面积会较大，甚至会有轻微

水肿症状，医生会建议戴口罩遮盖，并尽可能在家静养。

我要提醒大家的是，这个时候千万不能乱用化妆品哦！如果可以的话，前三天最好不要化妆，只做好基础的肌肤保湿就可以了。如果有重要活动不得不出席，非要化妆不可的话，则可以使用一些专门针对敏感肌肤的底妆产品，例如低敏药妆，来修饰肌肤泛红的症状。

我一般在底妆中选择矿物质粉，因为这种粉会含有二氧化钛和氧化锌。二氧化钛被认为是一种矿物紫外线过滤器，能保护肌肤，防止阳光造成的过早老化；而氧化锌这种药物成分，则能高度遮瑕，使妆容在不泛油光的同时，舒缓镇静敏感肌肤。即便用来遮盖红肿的痘痘及潮红的鼻翼处，也不用担心皮肤受到刺激。

Tips：

除了用矿物粉底来修饰之外，我还有一个秘诀要和大家分享。那就是选择纯天然成分的免洗面膜产品，并且在冰箱中冰冻两个小时后再敷上，这样就成了具有安抚肌肤的镇静面膜，而且因为成分天然，又只是用冰冻的效果镇静肌肤，不会对肌肤产生压力，能有效地缓解肌肤泛红的症状。

## 补习课 爱美有风险，谨慎是关键

为了在明天邂逅更美的自己，我和大家一样在努力，在变美的这条路上，不前进就是后退。我很乐意和大家一起分享各种美容护肤、美体瘦身经验，一起总结能切实有效地帮助我们变得更漂亮的方法，但馨予不得不再啰唆一句，微整形虽好，但还是属于医疗美容的范畴，一定要谨慎起来，时刻以安全为第一哦！

百莲凯的美肤专家得知我要出这本书，特别嘱咐说一定要告诉大家，爱美有风险，谨慎是关键！近几年，由于微整形的盛行和初起步，市场混乱的问题很严重。根据相关规定，只有具备医疗美容资质的医院方可进行注射整形。然而，目前市面上诸多美容店、黑诊所甚至宾馆随意开诊的不在少数，注射医生缺乏资质、注射治疗环境未经消毒、无限夸大疗效等医疗行为中的不规范做法，导致一系列问题不断冒头，为消费者的安全带来隐患。大家一定不要贪图价格便宜或就近因素，就选择不规范的美容店或小诊所进行治疗，尤其是使用的注射产品要有保障，进货渠道

要正规，注射位置、剂量要准确，否则会给求美者造成伤害，如注射肉毒素位置不当、剂量不当，可能导致表情僵化、面部左右大小不对称等问题。所以，只有选择正规的医疗美容机构，效果、安全等问题才能有保障。

Chapter 04

# 一秒钟就变宅男女神

我觉得，女人的美，是一种感觉，一种气质，一种由内而外的健康。内衣之于女人，并不止于身体，而是关乎内心的，自信、安全……一切感觉由此而生。

美丽从内衣开始，内衣是女人的第二肌肤，是最亲密的伙伴，贴心而温情地伴随着女性一生最美丽的时光。在内衣全面革新的时代，如何选择和穿戴与身体完美贴合的第二层肌肤，用一秒钟时间的选择让你完全脱离宅女范畴，成为真正的宅男女神呢？

看看我的小方法吧！

# 第一课　认清你的胸型，量体选内衣

## ※ 娇小胸型

有的女生认为自己的胸部娇小，可以不穿内衣或穿较紧身的款型，殊不知，不穿内衣的后果将是身材变平板，而过小的内衣会限制胸部的正常发育。

**馨予建议：**

体形纤瘦、胸部娇小的女性，肋骨较为突出明显，为了不让钢圈因活动而压迫到肋骨，可以选择3/4罩杯的内衣，而衬垫型以及无缝型内衣也是不错的选择。

### ※ 丰满胸型

胸围“壮观”的女生适合穿着全罩式内衣，除了可以将整个胸部包住，还可以利用内衣的侧边设计支撑丰满的上围，有效防止胸部下垂。

**馨予建议：**如果你是属于体形微胖的丰满型女生，穿着下围较宽的全罩杯内衣其实是适合的，因为这种全罩杯内衣可以将胸部下围及腋下的脂肪固定住，而内衣背后的数个暗扣设计也可以固定住腋下脂肪。

### ※ 胸部扁平、外扩型

胸部扁平、外扩是由多种原因造成的，除天生之外，有些是因为长时间不穿内衣，使胸部任意游走，从而形成胸部外溢；或是内衣尺寸太小，无法包容住胸部，反而将本来漂亮的胸部弄得扁平；也有些女性是因为胸围的款型没有选好，致使胸部无法集

中，造成外扩。

**馨予建议：**选择集中型内衣，即3/4罩杯，它能使你的胸部集中，衬托出挺拔的曲线。

### ※ 胸部下垂型

胸部下垂者要想恢复胸部原有的健美，首先要选择比平时大一号的内衣，并尽量使用钢圈和侧部有加强功能的款型，使之加强衬托，由下往上地支撑。

**馨予建议：**此种胸型的女生最宜选择全罩杯内衣，只有这种杯型才有能力将下垂胸部衬托起来。

# 第二课　选对美胸bra，瞬间秒速升cup

还在懊恼自己胸前没“料”？那么我告诉大家一种可以迅速秒升cup的办法，那就是选对美胸塑身bra！穿着一件内衣就可以有迷人乳沟？对！我也会用这种方式提升自己吸引眼球的魅力。只要你学会选，一件好的塑身bra是绝对能让你穿上之后判若两人，让身材更加凸凹有致的。

## ※ 新娘——完美婚礼bra方案

在那个重要的日子确实需要一件这样的内衣，因为瞬间的束身效果可以让你拥有一个更加完美的婚礼。

**推荐款式：**

**马甲式内衣：**有提高胸线、塑造出丰满胸部及修饰腰身的功能，对挑选了紧身婚纱的新娘格外有用。

**加深乳沟效果内衣：**有这种视觉效果的内衣，是在胸垫的部分加强了衬垫、水袋等材质，让胸部看起来更为丰腴，十分适合胸部略平的新娘穿着。

**馨予建议：**为了确保调整型内衣的合身，尽量在结婚前一个月购买，在婚礼前一周试穿，若有不合身的状态赶快修改，免得调整型内衣无法达到该有的功效，那可就不妙啦！

## ※ To：新妈妈——产后瘦身bra方案

很多明星产后为了尽快复出，都会进行精心的瘦身计划。譬如小S，为了短期内恢复自己的魔鬼身材制订了疯狂的瘦身计划，从运动、服饰和饮食上三管齐下，不惜花重金量身定做调整型内衣，据说该内衣不仅可以有效塑身，减少腰腹部赘肉，甚至还能帮助消除妊娠纹。

**推荐款式：**

**调整型三件套：**三件套所包括的胸衣、马甲和束裤可以全方位地监管你的赘肉，对新妈妈是再合适不过了。

**馨予建议：**调整型内衣的大小一定要选择合适，对于过去没有穿过塑身衣的新妈妈，第一次穿时不要挑选过紧的内衣，一般头三天是塑身衣的适应期。另外要注意挑选吸汗、透气、弹性好的轻薄面料内衣。

## ※ To：爱美族——纤体bra方案

在保持体形方面，调整型内衣着实是个好帮手，它能够有效地阻止脂肪的游离，可以让你的赘肉不恣意生长，时刻保持完美曲线。

**推荐款式：**

**背背佳式内衣：**对于整天坐着工作的人而言，背背佳式的内衣可以有效防止小腹的产生，同时还减少驼背的可能。

**馨予建议：**穿着美体内衣，用科学的调拨手法，可以让塑身效果更有保障。调整胸罩关键是将手臂、腋下、背部多余的脂肪调拨至罩杯中，塑裤的调拨要注意将大腿内、外侧多余的脂肪调拨至臀杯中。

# 第三课　你真的懂自己吗？

一项调查显示，80%的女性都在戴着不适合自己尺码的bra：肩带下滑，罩杯总不贴身，背部被勒到痛……挑选一件绝世好bra十分重要，因为它是我们每一天最贴身的伴侣。

## ※ 你关心自己的胸部了吗？

**肩带：**不窄于1厘米

肩带过细容易增加单位面积的受力强度，时间长了更容易导致肩膀和后背疼痛，容易导致“乳罩肩带型背痛”，非常不适合长期伏案的office女性。专家建议，肩带的宽度最好不窄于1厘米，而且，乳房越丰满，肩带就越不能太细。

**罩杯**：真正贴身的size

你的bra穿对了吗？除了身体对舒适度的自然感觉之外，还有几个细节表示你穿的bra有问题：

1. 乳房从罩杯上突出——说明乳罩杯太小或形状太尖。

2. 腋下有突出部分——说明bra的身围太小，或侧面太窄。

3. 两臂上举之后，胸罩往上跑——说明胸罩的身围太大。

4. 肩带嵌入肩膀内——说明肩带太短，应该调整。

## ※ size到底怎么测才准确？

**size这样测：**

1. 测量胸罩大小时，一定要测量紧贴乳房下的胸廓。测量值如果是奇数，加上5；偶数，加上4，结果即是你乳罩的身围大小。

2. 将皮尺稳固地围绕着乳房，但不要拉得太紧，密切配合地测量你胸部最丰满的地方，测量结果减去胸围就是你的罩杯大小。

## ※ bra应该这样穿

1.将胸罩肩带推到肩膀上，当你拉着胸罩两端的背扣将它们系在一起时，上身前倾，使乳房自然落入罩杯内，然后系上胸罩。

2.将左手伸到右边的胸罩杯里，置于乳房之下，用手将乳房托起，这样乳房就不会被乳罩压在胸壁上。另一侧同法。

3.穿上bra后发现乳头不在bra的最高处——说明bra尺码不对，应重新测量。

4.撤掉肩带后发现罩杯不再服帖——说明罩杯过大，应该重新选择。好的bra应该在撤掉肩带后依然很合身。

### Tips：bra应选择纯天然面料

bra是乳房最贴身的伙伴，所以最好选择纯棉、纯丝的材质。化纤、尼龙材料的bra是引发乳头炎症的原因之一，而天然面料可以给乳房一个最安全的保护。

# 第四课　居然有穿错的时候

## ※ 问题出在身围or罩杯？

例如，34B型的胸型因为一时没买到合适的胸罩，就偷懒直接买了更大一号的36B型的胸罩。选择一个身围更大的胸罩，这种情况在生活中比比皆是，结果呢？因身围过大，胸罩不会带给你足够的支撑，久而久之就会造成乳房下垂。

## ※ 三年内一直穿同一副bra

舍得花大价钱买一副绝好的bra固然好，但即使是再好的bra，也要按照自己的体型变化及时更新。通常来说，一个bra的寿命不应该超过两年。另外，清洗时也要注意不要用机器洗，以保证bra不变形。晾晒时也应先把水分挤干，免得造成肩带过长。

### ※ 胸围小或者怀孕时不穿bra

无论你是A cup的太平公主，还是D cup的傲人波霸，乳房都是一个以脂肪为主要构成的器官，任何会引起颤动的运动都意味着悬韧带每隔几秒就要承受乳房的重量，因此，怀孕时乳房增大更应该留意并及时更新升级你的bra。

### ※ “高瘦平”女士也可以用钢托bra

有钢圈的胸罩固然有美胸的效果，但并非人人都适用，尤其是身材高大但体形偏瘦的女性更不适合，不然容易造成胸部肋骨骨膜炎，并出现乳房疼痛，这是因为身材高大但体形偏瘦的女性胸部脂肪层过薄，杯罩下方的钢圈可能压迫局部组织，成为发病诱因。同样，肥胖偏矮小的女性同样要小心钢托胸罩，尤其是在伏案工作、下蹲等动作时钢圈很容易挤压胸部，也有机会压迫胸腔骨架，诱发肋骨骨膜炎。

## 第五课　Bra的教条主义

大家有没有这样的经历呢？跳舞时，bra里面硬硬的金属线压得你肋骨发痒；你的圣诞愿望是希望天使将你的胸部从32A变成34D……其实你恨恨地，总觉得是bra出卖了你，因为你还没有背熟“好bra教条”，那就快和我一起来学习吧！

### ※ 好Bra教条一：不要“闷”死我

唉，真想找个没人的地方，解开胸罩，让MiMi透透气！若不是看到它镶着闪钻好炫，鬼才要像戴口罩一样戴它！

**美胸专家：**市面上口碑较好的bra，都会采用超细布料，既避免纯棉容易变形的特点，又增加bra的柔软性和舒适性。买之前一定要试穿一下。无论样式如何精美，穿上不舒服的内衣，绝对不是好内衣。

### ※ 好bra教条二：就是要看着“挺”

我要高，我要挺，我要丰满，我要集中，我就是要漂漂亮亮地昂首挺胸！天生不完美又不是我的错……

**美胸专家：**不用怀疑，不同胸型肯定是要选择不同的型码。选购内衣之前，要明白自己想要达到什么效果。试穿的时候，请导购小姐在一旁协助，她们会帮你挑选合适的内衣。

### ※ 好bra教条三：拒绝一洗就变形

扔掉肩带松松的，扔掉罩杯扁扁的，扔掉花边掉下来的，扔掉钢圈变形的……

**美胸专家：**bra不易变形的标准，是在40℃水温里，经过机洗 4 次的测试。一线产品上市之前，都会先通过这种试验。不过，质量再好的产品，都应该注意洗涤方法，最好是手洗，懒惰的美眉也一定要放在大小适中的洗衣袋里才可机洗。

### ※ 好bra教条四：如入无bra之境

真不爽，穿件白衣服，bra的花纹就被看见，穿件紧身衣，里面的花边就显出来了……

**美胸专家：**想要衣下无痕，春夏就要选择光面的杯罩，因为衣服比较薄的缘故，太多的蕾丝花边会在衣服下面显现出来；秋冬可以选择有蕾丝花边的。如果选购通过平稳压模技术处理的花边内衣，即使是夏天穿也不怕“原形毕露”啦。

Tips：bra的保养

1. 禁止使用漂白剂洗衣粉

选择无特效成分的普通中性洗剂溶于30℃以下温水中，绝对禁止使用漂白剂等碱性重的洗涤剂，避免与有颜色的衣服一起洗，避免染色。

2. 请务必用手洗

用手按压浸洗。高级美体内衣由于使用精致的织物，会因无法承受洗衣机的强力搅拌而变形或磨损，因此，为保持使用寿命请务必用手洗。

3. 禁止长时间浸泡内衣

充分冲水。残留在内衣上的洗衣剂容易造成变色，请不要长时间将内衣浸泡，要养成马上把它洗净的习惯。

4. 禁止烘干机烘干

烘干机的热风会破坏布料的组织弹性，所以禁止使用。整理罩杯时杯面朝外。

5. 避免阳光直接照射

抚平褶子后挂在衣架上或中间折半地晾起来，注意避免太阳光的直接照射，以免变黄或褪色。

## ※ 美胸非常bra

一件完美的bra不仅仅“罩”着你的胸部，它还“罩”着你身体上看似距离胸部甚远的关键部位——你的神经感官。当你选对了bra，除了提供集中和支撑这样的外在福利，还能解决许多困扰你多日的生理期病痛。

你的bra right并非只这一个，除了最常见的，你还需要一些非常bra，如：

### 1. 月经bra

月经之前7～10天，乳房会随激素增加而胀大，变得更敏感，这时，有些胸罩戴着可能会有挤压感。专家建议从面料、尺码等方面考虑，不妨换一种让你感觉更舒服的胸罩，作为这段时间的专用。例如换罩杯，原来戴全罩杯的，现在改为3/4罩杯，让乳房痛快呼吸。

### 2. 运动bra

运动会使女性胸部受到震颤，幅度过大会伤及乳腺结缔组织，影响支撑，造成乳房下垂。专家建议运动时一定要穿防震、吸汗功能更优秀的专业胸罩，可以保护胸部免受伤害。选内衣时要依据自己常做的运动类型，选择不同款型和弹性的胸罩。另外运动内衣的尺寸以S、M、L区分，购买时一定要试穿。

### 3. 塑身bra

塑身功能型bra每天穿戴时间别超过4小时。这种胸罩一般都在腋下镶有双倍的软胶带，用来推挤所有脂肪和肌肉进入罩杯，以制造“胸涌”的幻觉，这样等于给乳房加压，时间过长对健康不利。如果为了塑胸，不妨用些安全的丰胸办法，例如braVA塑形系统。

## 特别鸣谢 DOK DONGJAK PALACE 铜雀台韩国整形美容

本书中，张馨予外景写真拍摄由重庆铜雀台韩国整形美容机构独家提供。

特约顾问：

李信奎（韩）

重庆铜雀台韩国整形美容院长

韩国整形外科学会副会长

韩国UD整形医院院长

享有“亚洲造美之手”美誉

【专业特长】

韩国“真鼻子”雕琢，韩国面部轮廓塑形

韩国全面部拉皮综合抗衰老，韩国名模瘦小腿

韩国肚脐无痕丰胸等

## Suggest

来自整形美容专家的建议：

### 1.整容不是魔法，效果期望值过高不可取

只要闭上眼睛，就像做了一场梦，从此人生就变美，与众不同？过高的期望值会带来沮丧的心理落差，整容并不是魔法，可以瞬间改变一个人，而且整形是一个小改变大美丽的过程，全面改造并不可取。

### 2.别忘了！选择正规的医疗美容机构

自己的脸不是实验基地，与其贪便宜选择不正规的美容机构，不如在家一捧清水洗脸。至少，不会让你面临“毁容”的隐患！

### 3.整容、美肤不能一步到位

指望一步登天是不可能的。毕竟整容、美肤都是医疗行为，有一定时间的恢复期。以美肤为例，除了专业治疗外，还需要你持之以恒的居家护养。

### 4.多和专家交谈，作好准备

不仅包括术前术后准备，还有对美丽效果的期望，都要和专家一起，作好充分的沟通和准备。对所有环节和预期有了充分的了解，才会更自然流畅地享受这个过程。